想い出の足あと

ONISHI Hiroko
大西博子

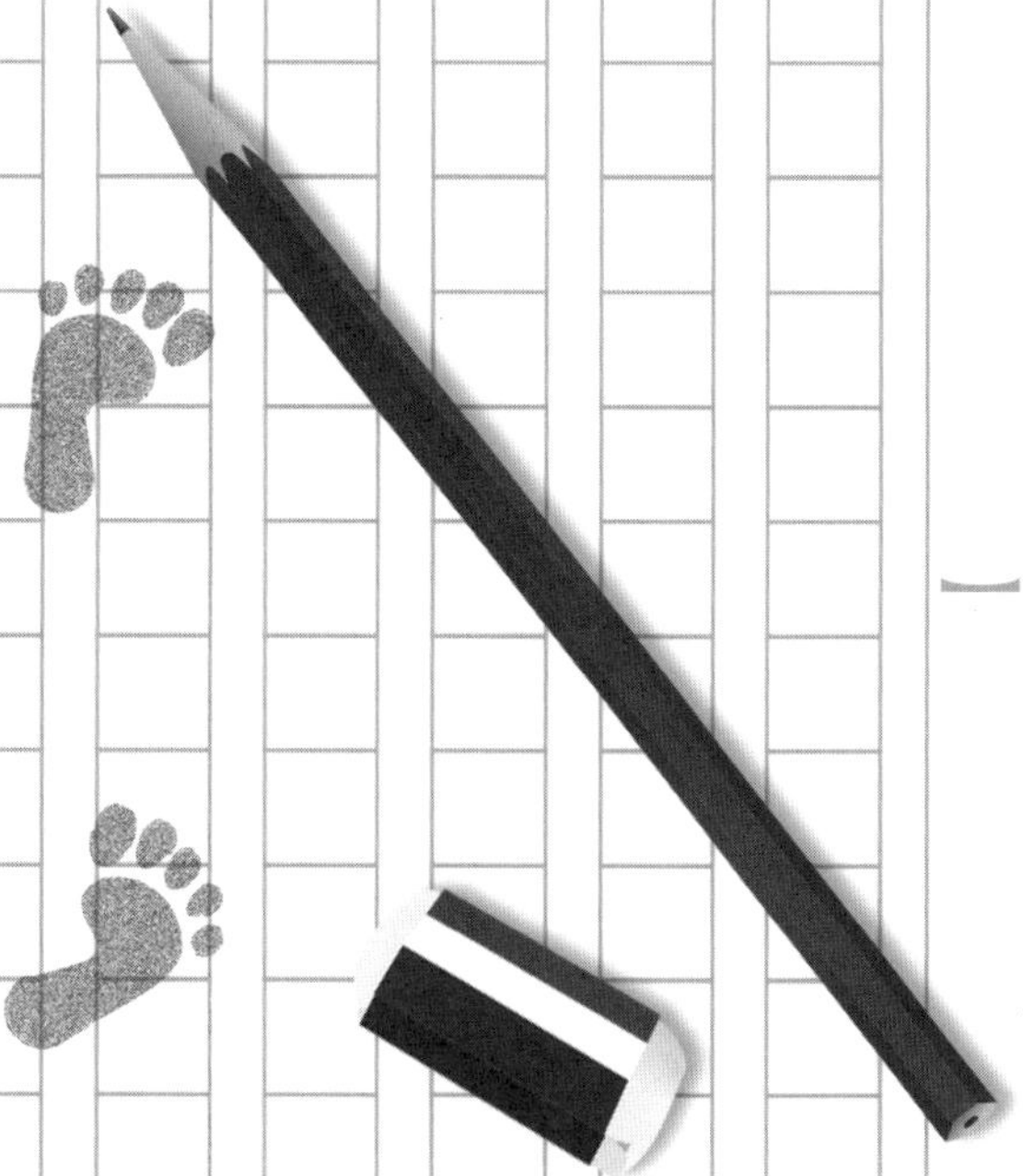

文芸社

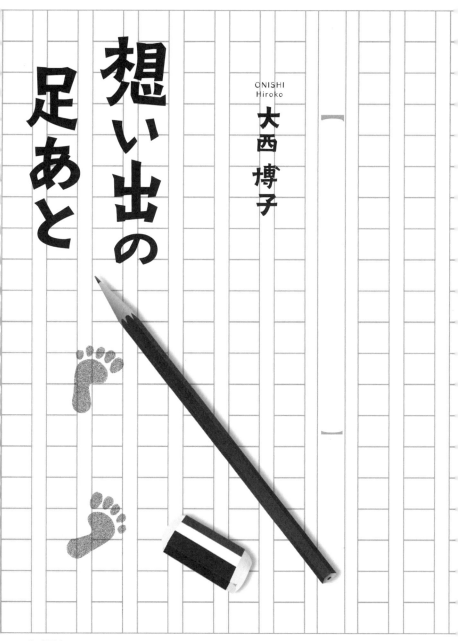

まえがき

日常生活の中でいつも不便なことに出合い、「あったらいいなこんなもの……」と思うことがしばしばあります。

まだ世の中に商品がなければ自分で作ろうと、素人細工で「不便解消グッズ」なるものを作ります。

そんなこんなしているうちに、「文部科学大臣賞」や「東久邇宮文化褒賞」など、身に余る賞も頂きました。

いつの日か自分のアイデアが形になり、世の中に役立つ日が来ることを願っております。

今日に至るまで、心に残ったつぶやきを書き留め、子育てが一段落したのを機に足あとを残してみようと思いました。

目次

まえがき　3
原稿用紙　平成29年5月10日　12
断捨離パート1　平成29年6月14日　14
引っ越し　平成29年7月12日　16
そろそろ……　平成29年8月9日　18
新聞　その1　平成29年9月6日　20
ハプニング　平成29年10月11日　22
漬物作り　平成29年11月8日　24
ゲーム今昔　平成29年12月13日　26

回顧録の発見　平成30年1月17日　28
鬼の霍乱　平成30年2月14日　30
新聞　その2　平成30年3月14日　32
自転車　平成30年4月11日　34
ついにきたかな　平成30年5月16日　36
将来の夢　平成30年6月13日　38
家庭菜園　平成30年7月11日　40
パソコン　平成30年8月8日　42
名義変更　平成30年9月12日　44
「忘れ物」と「物忘れ」　平成30年10月10日　46
視覚　平成30年11月14日　48
バリアフリー　平成30年12月13日　50

✤わたしの川柳　一　52

断捨離パート2　平成31年1月17日　64
安全な日本　平成31年2月13日　66
バレンタイン　平成31年3月14日　68
カルチャー教室　平成31年4月10日　70
一坪のチューリップ　令和元年5月16日　72
掛け声　令和元年6月12日　74
思い違い　令和元年7月10日　76
夏のサムーイ思い出　令和元年8月7日　78
安全地帯　令和元年9月11日　80
殺生　令和元年10月9日　82
旅のチラシ　令和元年11月13日　84
所変われば　令和元年12月11日　86

✤わたしの川柳 二　88

お節料理　令和2年1月18日　100
犯人は　令和2年2月12日　102
犯人逮捕　令和2年3月11日　104
マスク　令和2年6月10日　106
誕生日　令和2年7月8日　108
携帯電話　令和2年8月5日　110
爪　令和2年9月12日　112
ビフォーアフター　令和2年10月14日　114
難しい日本語　令和2年11月9日　116
救急車　令和2年12月11日　118
昭和の置き土産　令和3年1月13日　120
お節介　その1　令和3年2月10日　122
地獄で仏　令和3年3月10日　124
十二支プラス二　令和3年4月14日　126

海馬との約束　令和3年5月12日　128
九死に一生　令和3年6月9日　130
オリンピック　令和3年8月18日　132
月とスッポン　令和3年9月15日　134
名医　令和3年10月13日　136
お節介　その2　令和3年11月10日　138
心の三毒　令和3年12月8日　140

✤わたしの川柳　三　142

タイムカプセル　令和4年1月12日　154
ふりそで　令和4年2月9日　156
鬼退治　令和4年3月9日　158
時ぐすり　令和4年4月13日　160

カスベのホッペ　令和4年5月11日　162
姉妹　令和4年6月8日　164
どっちもどっち　令和4年7月13日　166
アルバイト　令和4年8月10日　168
皺　三十二　令和4年9月14日　170
旅　令和4年10月12日　172
携帯電話様サマ　令和4年11月9日　174
栄養失調　令和4年12月14日　176
赤いボタン　令和5年1月11日　178
様変わり　令和5年2月8日　180
安全確認　令和5年3月8日　182
料理教室　令和5年4月12日　184
手書き文化　令和5年5月17日　186
運動会今昔　令和5年6月14日　188

腐った耳　令和5年7月12日　190
世界水泳　令和5年8月9日　192
目玉商品返上　令和5年9月13日　194
お姫様抱っこ　令和5年10月25日　196
早とちり　令和5年11月22日　198
おもちゃの病院　令和5年12月22日　200

✤わたしの川柳　四　202

原稿用紙

平成29年5月10日

久々に原稿用紙を手にし、二年前のことが思い出された。東京の婦人発明家協会主催の「なるほど展」において、私の考案した「二穴を設けた持ち手付き風呂敷」という作品が、図らずも「文部科学大臣賞」を頂き、授賞式の感想を述べるという大役を仰せつかり、原稿作成に四苦八苦していた。

原稿用紙と言えば、誰もが多かれ少なかれ自分の思いを書き綴りお世話になったことだろう。思い起こせば、私が小中学生だった夏休みと冬休みには、必ず読書感想文というものが宿題とされており、毎年始業式が近づくと休み返上？(笑)で机に向かっていた。

小学生の頃は自分の思いを素直にダイレクトに綴ったけれど、中学生になるとなかなか思いがまとまらず悪戦苦闘し、読書感想文はいつも最後の宿題として残ってしまった。

書くことが嫌いな方ではなく、社会人になってからは日記をつけていた。三年・一〇年とその時の気分に合わせて日記帳を購入し喜怒哀楽を綴っていた。このまま書き続ければ、私の負の遺産を残すことになると思い、日記をつけるのをやめた。書くことをやめてみると、日常生活の中で、深く心に残ったことだけでも書き残しておこうとの思いから、ペンを執ることにした。

こんな訳で「徹子の部屋」ならぬ「博子の部屋」のスタートになった。

断捨離パート1

平成29年6月14日

かつての飽食の時代から「断捨離」の時代へと移り変わり、今まさに右を見ても左を見ても「断捨離」の文字があちこちに氾濫している。

テレビ・ラジオでも話題になり、新聞・雑誌でも記事になり、断捨離が報じられない日がないほど、あらゆる方面に顔を出している。

世の中こうも断捨離が叫ばれていると、我が身を振り返らざるを得なくなり、私も一念発起して断捨離なるものを試みてみた。しかしながら思うように進まない。

本棚に並んでいる「新しい○○」といった類の本は、今となっては化石?の如く無用の長物となってしまった。

しかしこれらの本のお陰で、私はどれほど沢山のことを学び、助けられたことか……。

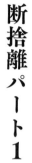

そんな思いもあってなかなか潔く手放すことができない。アルバムに至っては、ウン十年前の過去を辿ると手が止まり、つい写真に見入ってしまい、セピア色の思い出に浸ってしまう。

子供たちの作品の中にも色々な力作があり、中でも九〇センチ×一一〇センチという大凧なども歴史を物語るものであり、お払い箱に入れることに躊躇する。これらの作品の保存の有無を子供たちに聞いてみると「いらなーい」という、いとも簡単な言葉が返ってきた。

若者は過去を引きずらず前向きだということに気づかされた。何とも羨ましい限り。作業途中で手が止まり、遅遅として進まぬ私の姿を見て子供たちは、「周りのお宝は全部片付けて逝ってね（笑）」と言って笑っていた。

引っ越し

平成29年7月12日

我が家は転勤族でないため、幸か不幸かこの旭川の地に根を下ろし現在に至っている。子供たちが小、中学生の頃も一度の転校もなく、転校生を迎えるばかりであった。彼らにとって、級友たちとの悲しい別れと新天地への不安を抱えての辛い転校であっただろう。私の時代の転校生は都会から来る人たちが多く、持ち物、言葉遣い、遊び方など、どことなくお洒落な感じがして、今でいう「カルチャーショック」なるものを感じたものであった。今、転校生のイジメ問題が話題になることがあるが、当時「ガキ大将」はいたが、イジメはあまりなく、逆に都会の新鮮な話を聞くのが興味深く楽しいものであった。

我が家は転勤族ではないものの、ただ一度の直近の引っ越しといえば、忘れもしない十数年前の台風の時であった。

強風で屋根の一部が煽られてしまい、屋根の下地材の柾が空中を舞い車道に舞い降り、まるでコンブでも敷きつめているかのようであった。

私は車道を汚している「我が家のゴミ」を、まるで落ち穂拾いのごとく一枚一枚綺麗に拾い集めた。これを機に我が家を建て替えることになり、その間は近くのマンションに仮住まいすることになった。解体していくと、間口は一本の太い梁が使われており、昔の建築材料のすごさに業者の方も感心していた。

棟木には棟梁の名前が筆文字でしっかりと書かれており、築八五年の建物であることもわかった。「もう少しで文化遺産になったかもねー」と皆で笑った。

この次の私の「引っ越し」は何年先のことかわからぬが、黄泉の国への旅立ちの準備をしていることだろう。

そろそろ……

平成29年8月9日

「そろそろ」という言葉を辞書で調べてみた。すると「①動作を静かに注意深くゆっくりする様子。②ある状態になる時期に差し掛かる様子。③ある動作を起こす時期になる様子」とあった。

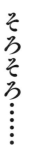

私たちは日頃の日常生活の中でどれほど「そろそろ……」という状態に差し掛かることがあるだろうか。朝、目覚めると「そろそろ起きなければ……」、お昼ごろになると「そろそろ食事の支度を……」、「そろそろ食べごろ……」「そろそろ見ごろ……」「そろそろ着替え……」「そろそろ冬支度……」等々、日常生活において「そろそろ」から始まることが多々あるけれど、人生にも大きな節目となる「そろそろ」があることを痛感した。

このところ我が娘は友人から結婚式の案内状が次々と舞い込み、おめでたい席に躊躇なく出席し皆勤賞である。

他人様のお嬢さんは上手に未来の旦那様を見つけたり、見つけられたり（笑）するのに、我が娘はまだそのような気持ちがないらしく、あれもしたい、これもしたいと、独身貴族を謳歌している。

我が娘の縁結びの神様は、今頃どこで道草を食っているのだろうか？　思えば我が娘は私の娘時代の後でも追うように、似たような生活を送っている。ＤＮＡとは本当に正直者である。

我が娘の「そろそろ結婚……」はいつになったら現実のものになるのだろうか？

私もそろそろ娘の嫁入りが気になる頃になってきた。

新聞　その1

平成29年9月6日

「バサッ‼」という新聞受けから聞こえてくる新聞の音。今日一日の始動開始のベルのようにも思える。朝の目覚めの時、耳にする音である。

朝、自宅に居ながらにして新聞を手にできるとは、何と幸せで贅沢なことであろうか。インクの香りをかぎ、まっさらな紙面を繰りながら、徐々に今日という日の幕が開いていく。三四面の中に何十万語の活字が並べられていることだろう。何人の人たちの厳しいチェックと、どれほどの推敲を経て新聞となったのだろう。「政治」「経済」「スポーツ」「生活」「社会」「文芸」「広告」など、老若男女が関心のある話題が豊富に記載され、まさにニュースのデパートである。

私が小学六年生の時、あまりにも大きな新聞広告を見て「記事と広告の割合」を、夏休みの自由研究で調べてみたことがあった。

調べた結果、活字に対する広告の割合がどれほどだったのか今となっては定かではないが、広告だって面白い。昔から紙面下部の位置に載っている週刊誌の内容は見出しを見るだけで、今、世間を賑わせている話題や芸能界の様子を垣間見ることができ、若者の話題にも何とかついていけそうである。

とりわけお悔やみの欄は見逃すことができない。知人の訃報、友人の親御さんの訃報、かつての上司の訃報など……。また若くして亡くなられた方の訃報には本当に心が痛む。九〇歳を超えられ天寿を全うされた方には「お疲れさまでした」と、心からエールを送りたい。

因みに我が家の購読新聞は「北海道新聞」のみである。

ハプニング

平成29年10月11日

先日所用で札幌に行った。列車に乗って間もなく車内アナウンスがあった。「一両目のトイレがつまっておりますので、ご利用のお客様は他の車両をご利用ください」とのこと。通常ならこのようなアナウンスで一件落着というところだが、更にアナウンスは続いた。「お客様の中でビニール袋をお持ちの方がいらっしゃいましたら……」とのことであった。私もバッグの中を探したところ、レジ袋が一枚入っていた。お役に立てるかと思い車掌さんの来るのを首を長ーくして待っていた。やがて前の車両から車掌さんが歩いてくる姿が見えた。だんだん私に近づいてくると、車掌さんは溢れんばかりのビニール袋を手にしていた。結局私はレジ袋を差し上げるのをやめた。「お役に立てず残念!!」と一人苦笑した。

ほどなくして再びの車内アナウンスがあった。「トイレのつまりが直りました。ご協力ありがとうございました。大変助かりました」と。車掌さんの安堵感が伝わって来るような声であった。おそらく車掌さんはトイレの中でビニール袋をゴム手袋代わりに悪戦苦闘していたであろう。

発車前の車両点検はどうだったのか？　車掌さんの行ったトイレつまりの作業は職務か否か？……等々色々疑問に思った。いずれにしても今回の「トイレ事件」は乗客の皆さんの心を癒やしてくれたに違いない。「大変助かりました」というフレーズ。私は何とも言えぬ温かさを感じた。

車掌さんは年の頃三〇代後半。思わず「はいはい道新」に投稿されるようなほのぼのエピソードのように思えた。

漬物作り

平成29年11月8日

「今年の漬物は美味しい、不味い」と言いながら毎年母の漬けた漬物を食べていた。文句を言いながら食べるのなら自分好みを作ろうと、主人が一念発起して一五年ほど前から「玄米漬け」に挑戦することになった。大根は種から植え、勿論無農薬で育てた。

ウコンの色粉も本州から取り寄せた物を使った。大根のひげ根まで一本一本丁寧に抜いていた。

主婦の目線からすると、大根のひげ根の一本や二本あったところで……と全く気にならない。でも、主人にとっては一大事のようであった。漬物作りは、もはや趣味の世界に入ったらしい。

私の仕事は大根洗いと玄米漬けのネタの材料調達である。大根を台秤で量り、塩の割合を電卓で計算し量をはかる。小学生の時に習った小数点の掛け算がこんなところで生かされるとは思ってもみなかった。

当初は四〇〇本ほどの大根を漬けていた。子供たちの友達が遊びに来ると我が家のおやつは、お菓子ではなく主人特製の？「賢ちゃん漬け」（主人の名前から名付けた）と、我が家で収穫したカボチャであった。

お皿に山盛りの「オーチャンちのおやつ」（子供が友達から呼ばれていた愛称）は何とも珍しいものに映ったであろう。子供たちが帰った後は完食されたお皿だけが残されていた。我が家でカボチャを食べてからカボチャが好きになった娘さんもいたとか。あとにその娘さんのお母様から感謝されたこともあった。

子供たちも親元を離れ、食べてくれる人がいなくなり大根の本数も徐々に減っていった。

こんなに喜ばれていた漬物も、今では一〇〇本程度となり我が家だけでは食べきれず、周りの方々にお裾分けしている。今年の玄米漬けはどんな味になってくれるのだろうか？今から楽しみである。

ゲーム今昔

平成29年12月13日

私の子供の頃のゲームといえば、室内では「お手玉・おはじき・あやとり・トランプ・かるた・百人一首・花札」などがあった。屋外としては、「野球・ソフトボール・サッカー・ドッジボール・鬼ごっこ・かくれんぼ・まりつき・縄跳び」などがあった。

思えばこれらのゲームは一人ですることがあまりなく、常に数人の仲間と遊ぶことが多く、友達との潤滑油の役目をはたしていたような気がする。

お正月になると、日頃忙しい両親までも一緒にゲームをしてくれたことがとても嬉しかった。手抜きせず真剣に相手をしてくれ、大人扱いされた感じがしてとても心地よかった。「十二支トランプ」で干支を覚えると、かるたで諺を覚え、花札に至っては何と色彩豊かで図柄の綺麗なカードがあるものかと感心したものである。

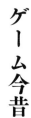

また、百人一首の流れるような筆文字は、子供心にも心打つものがあり、昔のゲームにはそれぞれの趣があった。子供たちが小学生になった頃、一人で遊ぶ携帯型ゲーム機「ゲームボーイ」が誕生し一世を風靡した。

その後、「たまごっち」なる電子ゲームも出てきて、老若男女がたまごっちを育てることにはまっていた。

ゲームボーイではポケモンとやらが話題になり、友達どうし競い合ってポケモンを追跡して楽しむらしい。

昔の遊びは「和」を求める感があったが現代はゴーイングマイウエイ？　今この時どこかで誰かが、ポケモン探しを一人寂しくしていることだろう。

回顧録の発見

平成30年1月17日

暮れに身辺整理をしていたところ、長男が二〇歳の時のある出来事を私が書き留めてあった日記が引き出しから出てきた。

読んでいくうちに当時のことが走馬灯のように思い出され、あの時の長男の心情に触れることができた。

日記はこんな会話から始まっていた。「今度帰ったら三人で写真を撮りたいんだけど……三人と言っても子供同士じゃ意味ないからね」と、長男の少し大人びた声が電話口から聞こえた。長男は今年成人。我が家では折に触れて家族の記念写真を撮ってきたが、照れがあるのか長男はいつも気が進まぬ顔をしていた。このたびは長男からオファーがあり、親子三人でいつものスタジオにいった。親子三人で写真に収まるのはこれが最後かもしれない。

今度はお嫁さんがメンバーに加わることだろう。成人を機に親の傘下から離れる覚悟をしたのだろうか。

今年の年賀状は長男だけの名前で印刷し、友人は勿論のこと伯父伯母にも出し、二〇歳の抱負をしたため大人の第一歩を踏み出したらしい。とはいえまだ学生の身、父親の脛かじりはまだ暫く続きそうである。

……あれから時は流れ、長男も人並みに結婚し二人の子の父親となった。かつて私たちがしてきたように、長男夫婦も折に触れて記念写真を撮っているようである。お正月は孫たちと一緒に総勢七人でカメラの前で「ハイチーズ!!」。

穏やかな新年を迎えることができた。

鬼の霍乱

平成30年2月14日

子供の頃から異常なほど？健康な私は、小学・中学・高校・職場でも皆勤で通してきた。小学生の頃は体調を崩しても、土曜日の午後と日曜日に休息をとると完治し、月曜日には元気に登校していた。

よく風邪で休む病弱な友がいたが、私は一度も学校を休んだことがなく、病弱の人をとても羨ましく思ったものである。風邪が流行っていた時のことだった。先生に「今風邪をひいている人は手を挙げて」と言われ、私の心に悪魔が囁き、友人と示し合わせて手を挙げて「早退」の許しをもらった。学校を出てから友人の家に行き、塗り絵をして時を過ごした。

未だに鮮明に覚えているのは、「早退」という特別な経験ができた嬉しさと嘘を言ったことのやましさがあったからだろうか。

　こんな私が三〇年ぶりに風邪をひいてしまった。猛威を振るっているインフルエンザではなかったが、鼻・咳・クシャミ・熱とフルコースであった。風邪とは無縁と自覚し高をくくっていたが、年を重ねるたびに抵抗力もなくなり、病気と隣り合わせになることに気付かされた。気持ちだけは若いつもりでいたが、肉体はもうボロボロ。確実に衰え年相応になっていたようである。「バカは風邪をひかない」などと言われているが、このたびの風邪で、私もようやく人並みであることが証明された。

新聞　その2

平成30年3月14日

新聞には政治・経済・教育・スポーツ・芸能など、沢山のジャンルに分けられ幅広い記事が掲載されている。私は政治経済面は大きなタイトル文字だけをサラリと拾い読みする程度である。株式関係の記事に至っては全く無用の情報である。

沢山ある記事の中で侮れないのが週刊誌の広告欄で、あまり購入することのない我が家にとって唯一の情報源だ。広告を端から端まで読むと、今世間で話題となっている事柄がよくわかり、友人や娘との会話にも何とかついて行くことができる。

色々なジャンルの記事の中でも見逃せないのが、「いずみ」欄である。「いずみ」は、北海道新聞独自で、読者から投稿された記事で構成されている。見ず知らずの他人様のことなのに、どうしてこうも興味深く読むことができるのだろう。今までの自分の歩んできた道を振り返り、オーバーラップしているところがあるからだろうか。「いずみ」を読んでいくうちに感情を共有してしまい共に笑い、共に泣き、共に怒り……。

このところ頓《とみ》に涙腺が緩くなり涙ぐむことが多くなった。

介護で苦労されているとの投稿を読むと、私はすでに介護の道を無事卒業させてもらったのだなと感謝したくなる。「いずみ」はいつも私の心に何かしら問題提起をしてくれる。それにしてもこの「いずみ」というタイトルはどのようにしてつけられたのか、とても気になるところである。

自転車

平成30年4月11日

雪が解けようやく自転車に乗れる季節になってきた。昔の交通機関と言えば、電車・バスが主流で、富裕層は「自家用車」、一般庶民は「自転車」というのが通例だ。「子供用自転車」に至っては俗に言う「お坊ちゃま」は立派な自転車を持っていたが、我が家に子供用自転車が来るのは夢のまた夢。かなり高いハードルであった。

小学四年生の頃、『このままいくと私たちはずーっと自転車に乗れないかもネ』との思いから意を決して、大人用の自転車で練習をすることになった。私は姉たちに荷台をおさえてもらいながら、日々練習をした。生傷が絶えなかったが、何とか一人でペダルを漕げるようになり、思いのままの場所に行けるのがとても嬉しかった。しかし地に足の届かぬ大人用の大きな自転車から降りるのは至難の業だ。息を止めてひとっ飛び……。こんなことも今ではとても懐かしい思い出だ。

振り返れば、私の人生は自転車のお世話になりっぱなしだ。社会人になってからも職場へは自転車通勤をしていた。子育て時代は自転車の前と後ろに子供を乗せて、あちこち走り回った。三人乗りの親子の姿は傍目にはこの上ない危険な行為に映ったと思うがお構いなしだった。子育てを終えた今は、娘が学生時代に乗っていた自転車に乗っている。先日、自転車に空気を入れていたところ、古くなって細かい筋の入っているタイヤを見て「これはもう取り換えた方がいいよ」と息子からの忠告。私は「そうだね」と言いつつも心の中では「もう少し頑張って乗るわ」と呟いていた。

ついにきたかな

平成30年5月16日

このところ頓《とみ》に物忘れをするようになった。自分では「片付け」をしたつもりなのだが、いざその片付けた物を使おうとすると「はてさて、あれはいったいどこにしまったのだろうか?」といった具合でどこに置いたのか全く記憶がなく、頭の中は真っ白になっている。どこを探せばいいのか見当もつかない。置いた場所を確認すればよかったと後悔し途方に暮れる。「あれはきっと神隠しにあったのかもしれない……」と理不尽な理由をつけて諦め仕方なく買ってしまう。こんな時、片付けた物の跡をたどって探せるカーナビ機能があればどれほど有り難いものかと思う。

思い起こせば義父がまだら認知症のような症状になった時、金庫の鍵がないと言ってスペアキーを度々作っていたが、亡き後、沢山の鍵が部屋の隅から出てきたことがあった。

私たちの日常会話の中にも「あれ・これ・それ」と代名詞が多くなってきて、まるで義父と同じようなことをしているような気がする。あの時の状況が今になって少しずつ理解できるようになってきた。私の記憶の容量も日ごと壊れてきて、自分の物を管理することさえ儘ならなくなってきているのかもしれない。

この先どちらが先に逝くのかわからない。これからは主人の物はなるべく自分で管理してもらうことにしよう。ヒタヒタと音もなく忍びよって来る魔物との戦いが今始まろうとしている。ついに、その緞帳は上がってしまった。

将来の夢

平成30年6月13日

「おばあちゃんの将来の夢は何?」と突然孫に問いかけられ「ドキッ!!」。今の私に将来の夢を語る資格があるのだろうか? 一瞬言葉を失ってしまった。

「おばあちゃんの夢ネー……」と暫く口をつぐんでいると「おばあちゃんは転んでも骨折しないような人になることでしょ?」と、六歳にしてこの現実的で的を射た言葉を返してきたことに驚いた。「骨を折って寝たきりになったら、もう終わりだよネ」と日頃何気なく話をしている大人の会話を、孫は聞いているのだろうか。私の辞書は「将来・夢」の文字はすでに消えかかっているが、あの双子のきんさんぎんさんの「老後の貯金にします」との名台詞に勇気をもらったことを思い出した。孫にとって夢とは、「すべての人が平等に追い求められるもの」なのかもしれない。

思い起こすと私の幼い頃の夢は〝バレリーナ〟になることだった。華やかな衣装を身にまとい、クラシックの名曲に乗って白鳥が舞う如く踊るのが夢だった。

しかし、成長と共に夢と現実はかけ離れ、どう見てもバレリーナとはほど遠い姿態となり今はダンスとは無縁の生活をしている。私の将来の夢は「死ぬまで元気」でいることだ。

孫の将来の夢は、「テレビに出る人」になることらしい。

視線を合わせながら手を握り合うと、そこには孫の輝く瞳があった。

家庭菜園

平成30年7月11日

家庭菜園を始めて、かれこれ一三年目の春を迎えた。主人は土いじりが大好きで土を触っていると心が癒やされるという。

畑を起こして準備ができると、いそいそと苗を買いに行くのだが、猫の額のような畑に収まりそうもないほど色々と買ってくる。茶の間から見える若芽は日ごと成長し、菜園はまるで植物園のように緑豊かになる。これほど熱心に育てているので、野菜好きかと思いきや、さに非ず。以前はお肉が大好きで、野菜育ては成長を楽しむことと、収穫の喜びを味わうためのもののようだ。

結婚した頃、食卓に葉物野菜を出すと、「オレはウサギじゃない!!」と目の敵にしていた。しかし何がきっかけになったのか、今や主人は草食男子ならぬ、草食オジサンになっている。

我が家の食卓は野菜のフルコースで「三つ葉のお浸し・小松菜の味噌汁・野菜炒め・野菜サラダ・ニラの卵とじ・ニラだらけの餃子」等々。サラダは生で食べるには量に限りがあるので、温野菜にしていただく。とにかくグリーン一色で野菜パワーの炸裂!!である。

最近はやりの健康にまつわる番組を見て、野菜の大切さに気づかされたのかもしれない。

今までは誰に何を言われても聞く耳持たずだった主人が「塩分控えめ、腹八分」と呪文のように唱えている。そろそろ耳がニョキニョキと伸びてくる頃かもしれない。

パソコン

平成30年8月8日

私が子供の頃、近所には「生き字引」として皆に尊敬され親しまれていた長老がいた。しかし時代と共に、「生き字引」と称される方が身近にいなくなってしまった。

わからないことがあると辞書を引いたり、図書館を利用したり何とか問題を解決してきたが、その「長老」の役目をはたしてくれるのが今やパソコンである。この「魔法の箱」が世の中を大きく変えた。

「医学・科学・天文学・文学・芸術」などのあらゆる分野に大きな関わりを持っている。

このたび、主人がパソコンを新機種に買い替えたため、古いパソコンを私が「身元引受人」として譲りうけることになった。パソコンが苦手な私はメールの返信がいつも遅く気の抜けたビールの如くで皆に迷惑ばかりかけている。

こんな私を見抜いて友人は「今メールしたからパソコン開いて見てね」と、わざわざ電話をくれるようになった。何とも世話のやける時代遅れな人に映っていることだろう。

私のパソコンは機種が古いせいもあって、立ち上がりがとても遅い。

「この先人生短いのに、パソコンの立ち上がるのを待っている時間が勿体ないでしょ」と息子に諭される有様で、ついに買い替えることにした。そのうち「黄泉の国」に行くにもパソコンで予約する時代が来るかもしれない。

名義変更

平成30年9月12日

先日、友人との会話の中で彼女が父親を亡くした時、母親が父親の名義変更のことで大変な苦労をしていたと聞かされた。

彼女はそんな母親の大変さを目の当たりにし、早々に自分の夫婦の名義変更を済ませたという。思えば今まで汗を流し築き上げてきた個人の資産を第三者や金融機関などから、様々な制約を受けることの理不尽さに疑問を抱くのは私だけだろうか？

二〇一七年現在の厚生労働省のデータによると、日本人の平均寿命は男性八一・〇九歳、女性八七・二六歳。私たち女性軍は持病でもない限り男性より長生きするだろうと思い込んでいる節がある。これまで気に留めていなかった名義変更の話を聞き、自分たち夫婦の今後を考えなければならないと思うようになった。多少の後ろめたさもあったが、主人に切り出してみたところ「それもいいけど逆だったらどうするの?」の返答に私は絶句した。平均寿命は確かに長いけれど、すべての女性が長生きするという保証はない。「男性の方が先……」の思い上がりかもしれない。

親から子供への名義変更は比較的スムーズに進むけれど、こと夫婦間ともなるとそこに微妙な空気が流れる。「断捨離・終活・エンディングノート・遺言状」など人生の店じまいに関する本は本屋さんの棚から溢れるほど並べられている。私もそろそろ本気で本屋さんのドアをノックしなければならない日が近づいてきたような気がした。

「忘れ物」と「物忘れ」

平成30年10月10日

日本語は本当に難しい。漢字は部首の上下の位置、偏や旁の違いによって、その言葉の意味が大きく変わってくる。

「忘れ物」というと日常誰もが経験することだが、「物忘れ」となると心穏やかではない。

忘れ物と物忘れの均衡がヤジロベーの如く常に保たれていると私たちは安心するが、この均衡が崩れた時、その先の人生設計図の書き換えを覚悟しなければならない。

「忘却」という現象は神様からの贈り物であると聞いたことがある。私たちは悲しみを忘れることができなければ、生涯この苦しみから逃れることはできない。しかし長い歳月と共に、この記憶は心の奥深く沈んで眠ってしまう。

「忘却」という贈り物のお陰でどれほど心の痛みが救われていることだろう。

今、忘れることの代名詞として「認知症」があげられている。懇意にしていたKさんが認知症になったと聞いた。ガスの消し忘れが多くなり、これ以上の一人暮らしは心配だという子供たちの思いもあって、ホームに入居することになったという。

私はホームに入居したKさんを久々に訪ねてみた。「大西です」と言うと「オオニシサンって?」と怪訝そうな顔をしていたが、話をしていくうちにKさんの記憶が蘇り、それなりに楽しい時を過ごした。

Kさんの年は九三歳。かつてはダンスの先生として華やかな世界に身を置いていたが、幸か不幸かKさんにも神様からの贈り物が届いていた。今はこの質素なホームを住めば都と思うようになっているのかもしれない。

視覚

平成30年11月14日

「五感」を辞書で引いてみると「視覚・聴覚・嗅覚・味覚・触覚」と記されていた。

この中で自分が今最も必要としているものは何だろうか。どの感覚も捨てがたいが、私にとって一番はやはり「視覚」である。

目にまつわる言葉は色々ある。ポジティブなものをあげてみると「目は心の窓」「目は口ほどに物を言う」「アイコンタクト」「眼力」「目から鱗」などがある。ネガティブな例としては「目を落とす」「目に余る」「目の毒」「目の上のたん瘤」「目が点」と枚挙にいとまがない。

視覚が五感のトップに書かれている所以だろうか?

パソコン・新聞・雑誌などから受ける情報は膨大で、自然・芸術・ファッションなどの世界も視覚なしでは、その素晴らしさを味わうことはできない。私はミシンで物作りをするのが好きだ。最近針に糸を通すことが至難の業になり視力の衰えを感じている。このまいくと暗闇の中で糸を通すような状態になりかねなく、私の趣味の世界は断たれてしまう。

高齢になると白内障になる人が多くなると聞くが、日本の治療は手術が主流で、ドイツは手術以外に点眼薬での治療が行われているという。

私の眼球が高齢者の仲間入りをした時、この妙薬が日本でも救世主になっていることを願っている。

因みに主人は食べることが大好きなので、間違いなく一番に「味覚」を選ぶだろう。

バリアフリー

平成30年12月13日

「バリアフリー」という言葉が一般に使われるようになって何年になるだろう。今や公共施設をはじめ、病院・介護施設・映画館・トイレなど多くの施設に、手摺り・スロープ・エレベーター・車椅子が設置され、至れり尽くせりの心配りがある。

沢山の方がこれらの恩恵を受けていると思うが、最近のバリアフリーには逆の発想が起きているようだ。従来通りの階段やフロアの段差の上り下り・食事の支度のセルフサービスなど、日常生活に負荷をかけることによって、心身の回復にとても大きな違いが出ることがわかったそうだ。医療の変化は目まぐるしく、かつての「術後の絶対安静」が、今では「術後の翌日歩行」が常識になっている。

身体の不自由な人に対するバリアフリーにはとても関心が示されているが、色弱・難聴に対するバリアフリーにはどうだろう。色弱の人は男性は二〇人に一人、女性は五〇〇人に一人の割合と聞いているけれど誰も声を上げないのだろうか？

声なき中でも印刷物のカラーに気を配っている市町村もあると聞く。

因みに旭川空港の国際線のトイレのドアは赤と緑になっており色弱の人への配慮が欠けていた。空港職員に聞くと「設計は東京の業者でどこの空港も同じ色を使っており、トイレの標示はグローバルなものにしています」と、心なしか誇らしげな説明であった。

表面的な物ではなくもっと内面的な物がグローバルであってほしいと思った。

七輪のやせたサンマも秋の顔

雨あがり七色の虹置き土産

忘れない笑顔みとれている遺影

見栄をはり英字を拾う太い指

目覚めたらまだ耳にある母の声

勝ち試合悠々自適見るテレビ

母の日に感謝届いた胡蝶蘭
短冊にまだ生きている拙い字

マスクして堂々欠伸会議室

大銀杏ボールに乗っ取られた国技

余命表逆算をした青写真

病室の窓キャンバスに映る冬

胸痛む壊れる音がする地球

頼んだぞ一目置かれ湧く闘志

忖度に別れを告げる義理賀状

送り火で愛おしんでる先祖霊

バス停の三行だけの時刻表
青い目で奥深さ知る日本の美

孫の笑みサプリを凌ぐ超効果

初デート相合傘で実る恋

暴かれてドキドキドミノの国会座

乗せられて期待しすぎたお取り寄せ

ランナーの背を追いかけているマイク

財布より懐刀なるスマホ

文明の利器に預けている命

断捨離パート2

平成31年1月17日

新年に思うことは「今日こそ、今週こそ、今月こそ」。こうして、断捨離を何年言い続けて来たことだろう。

まだ一度も袖を通していないコート・スーツ・ワンピース。数年前に買ったお気に入りのジャケット。時代と共にもう着ることがはばかられる数々の衣類。

これらが着物であれば多少財産になるかもしれないが、古くなった洋服となると、無用の長物である。こんな物ほど色々な思い出があり、狭い洋服ダンスの中でひしめき合っている。断捨離は第三者にしてもらうのが最もスムーズにいくと聞く。

我が身に置き換えれば納得がいく。私は一度袋の中に捨てるけれど「いやいや、あれはまた何かに利用できるかもしれない……」とまた袋から拾ってきて元の場所に収めてしまう。本当に往生際の悪い性格にわれながら呆れてしまう。

この貧乏性を卒業しない限り私の断捨離は不可能かもしれない。

「お母さんの物は全部片付けてから逝ってね」と子供たちにも釘を刺されている。

子供のためにも今年こそは心を鬼にして断捨離を決行したいものと思っている。

安全な日本

平成31年2月13日

「私がいるうちに早く来ないと案内してあげれなくなるからネー」と半ば脅迫的な誘いの声。電話の主はフィリピンのセブ島で仕事をしている娘からである。

北海道とは真逆の気候。身支度や現地での生活を考えると躊躇したが、人生で最後の海外旅行と意を決して主人と訪ねることにした。

日本を飛び立ってから五時間余りでセブ島に着いた。空港で娘の顔を見るとホッとし、肩の力がスーッと抜けた。

私たちが到着した姿を見つけて娘の方が一層安堵したに違いない。空港からタクシーでホテルに向かったが、交通状況は半端ではなかった。日本のように車が道路を規則正しく走行するというルールがなく、前方に空間があると割り込んでいくのは当たり前。

信号はあってもないようなもので横断歩道もあまりない。道路を横断する人々はスピードを緩めた車と車の間を縫ってすり抜ける。まさに命がけである。車道は車とバイクが入り乱れ、バイクは二人乗りが常識。時には三人四人と家族で乗っている。他の移動手段と言えば、「いつでもどこでも乗り降りができる」という乗合バスがあった。正確な時刻表のある日本では考えられない乗り物で、こんなアバウトなバスが日本にもあったら面白いかもしれないと思った。

行き交う車の車間距離は一メートル足らずでまるで煽り運転状態。空港から娘と乗ったタクシーは何とかホテルに無事到着した。

異国を訪ねてみて改めて日本の安全な交通状況を実感することができた。

バレンタイン

平成31年3月14日

二月のカレンダーを見て一番気になるのは「一四日、バレンタイン」である。日本人は外国のイベントに便乗するのが得意な国民で、これらを商売に繋げていくという商魂の逞しさに驚くばかりである。

因みにこの「バレンタイン」なるものがどこから来たものか調べてみた。兵士の結婚を禁じたローマ皇帝の意に反した者が、怒りを買って処刑されたことが聖バレンタインに由来する記念日で、世界各地で「カップルの愛の誓いの日」ということになったらしい。

企業戦略に乗せられて二月はどこのデパートもスーパーも甘い香りに包まれ、特設コーナーには可愛らしく包装されたチョコがところ狭しと並べられていた。女性たちは目を輝かせながらあれこれ品定めをしている。何日も前から下見をして本命チョコ選びをしている人もいると聞く。

幸か不幸か私は今まで本命なるチョコを買ったことがない。それでも勤めていた頃は社内の男性の数だけ義理チョコを買いに走ったものだ。一四日が土、日にぶつかったりすると、大きな仕事を終えたような気がしてホッとした。

結婚してからは主人と子供にと二つのチョコを買うだけになった。

主人はいつも洋酒入りを希望するので求めたところ、大箱が完売で小箱がかろうじてあったので飛びついた。ついでに初めて自分にご褒美チョコを買ってみた。シンプルなチョコなのに格別な美味しさがあった。

カルチャー教室

平成31年4月10日

四月になると、「受講生募集」の掲示板もあちこちで目にし、新聞でもカルチャー教室の案内が花盛りである。

昔の女性の習い事といえば「華道・茶道・書道・洋裁・和裁・編み物」といった「花嫁修業」と言われる限られたジャンルしかなかった。しかし時代の流れと共にこれらの習い事は「カルチャー」という横文字になり、今では六〇余りのコースが開設され大盛況である。

芸術・音楽・料理・健康とあらゆるジャンルがあり、「能楽」まであることに驚いた。中には資格が取得できるほどかなり専門的な講座もあり、人気の教室はすぐ定員になってしまうという。

私が教室の案内を見ていていつも目に留まるのは「大人のバレエ」だ。子供の頃、バレリーナになりたいと夢を見ていた思いがまだ心に残っている。我ながら往生際の悪さに苦笑いをしてしまう。流石に今となっては入会する勇気はないが、過去にクラシックバレエをされていた方がレッスンを受けられているのだろうかと思うと羨ましい限りだ。

退職後に大学に行くシルバー世代が増えていると聞く。今まで知らなかったことが解るということが無上の喜びとのこと。私がカルチャー教室に通うようになったのも、このような感覚を追い求めていたからなのかもしれない。

一坪のチューリップ

令和元年5月16日

春になると植物は待っていたかのようにあちこちで芽吹き、北の大地は長い眠りから覚め、本格的な活動を始める。

「春の花」は世に沢山あるけれど、名前はあまり知らない。ただ唯一好きなのは「クロッカス」だ。鮮やかな白・黄色・紫の花が、お互いの色を引き立たせながら、こんもりと身を寄せ合い大地にしっかり根を下ろして咲いている姿を見ると、気象台が発表するより確かな春の訪れを感じる。

主人の実家では、モクレンやツツジ、コブシの他、季節の花々が折々に私たちの目を楽しませてくれた。

中でも忘れられないのは、畳二畳分ほどの一面に咲くチューリップ畑であった。亡き義母が大好きで、赤と黄色、そして緑の葉が織りなす光景は圧巻で、初めて目にした時、「キレイ!!」というより「ゼイタク!!」という思いの方が先に立った。義母はこのチューリップをいつの頃から育て、なぜチューリップを選んだのだろう。聞いてみたかった。

義母が亡くなったのは二五年前の五月。あの時もチューリップはとても綺麗に咲いていた。

もしかして五月に旅立つことに決めていたのかもしれない。今年の命日にも沢山のチューリップをお供えして手を合わせよう。

お義母さん、今年も綺麗に咲きましたよ。

掛け声

令和元年6月12日

子供の成長に伴い、その時々にかける言葉が変わっていった。幼稚園の頃は送迎バスの出発時間に合わせるため、何をするにも早く早く!!　と子供たちを急き立てていた。まるでスポーツ選手に記録更新を促しているかのようであった。

幼稚園を卒園し、分刻みの生活から解放されると親子共どもホッとしたものだ。

小学生となると校内行事や運動会、剣道の試合など、子供を応援する機会が多くなり、「ガンバレ!　ガンバレ!」の連呼だった。

思春期になると応援に来ることを嫌がり、「試合は見に来ないでね」と釘を刺された。

それでも内緒で陰に隠れながらそっと応援をしていた。

子供が小学生の頃は、パワー全開で応援していたが、あの頃のパワーはどこに行ってしまったのだろうか？　これからは孫に熱い声援を送ろう。

いつの頃からか記憶は定かではないが、力仕事をする時はつい「よいしょ、どっこいしょ」と掛け声をかけている自分に気が付いた。

力仕事と言えば漬物を出す時のあの重たい漬物石の移動。必ず「よいしょ!!」と声をかけ、更に重いと「どっこいしょ!!」となる。若い頃は難なくできていたことなのだが、これが歳を取るということなのだろう。

今は寝る時も起きる時も、車の乗り降りも、「よいしょ」と口をついて出てくる。

先日、北海道新聞の「どうしん川柳」の欄に男性の句が紹介されていた。「老いるとは掛け声ですよどっこいしょ」。あまりにもタイムリーで我が意を得た川柳に苦笑してしまった。

思い違い

令和元年7月10日

先日、札幌で開催される会合に誘われ出席することにした。

切符は前もって購入しておいたので、改札口に直行し財布を開けてみると、入れておいたはずの切符がない。

「えっ？　確かに入れたはずだけど」。財布の中は数枚のお札と沢山のレシートとカードで大入り満員。何度探してもないので、もしやと思い家に電話をするも、切符らしいものは見当たらないと言われた。

覚悟を決めて中から一枚一枚取り出して探してみたが、切符の姿はなかった。

そのうち発車時間が刻々と迫ってきたので探すのを諦め、券売機の前に立った。

そこで小銭入れのファスナーを開けたところ、諦めていた切符が!!

今まで小銭入れに切符を入れたことがなかったので、思い違いをしていたのだ。

日常生活での思い違いは多々あり、先日もしまっておいたはずの所に物がなく、またも思い違いをしていたことにがっかり。どうやら収納場所を一度変えると、記憶する脳細胞はついていけないらしい。

こんな思い違いならまだ可愛いものかもしれない。

このところ高齢者の運転によるアクセルとブレーキの踏み違いの事故を聞く。そのたびに加害者と被害者のことを思うと心が痛み、まだ人様に迷惑をかけていないことに、安堵の気さえする。

「確かまだ二千万円くらいあったはず……」

こんな夢みたいな思い違いをしてみたいものだ。

夏のサムーイ思い出

令和元年8月7日

夏の思い出といえば「♪夏がくれば思い出す　はるかな尾瀬遠い空♪」

こんな長閑《のどか》な歌詞とメロディーがいつも頭によぎっていた。これは一五年前の出来事である。久々に弟家族とキャンプをすることになった。

日頃忙しくて子供たちと遊んでやれなかったので、夏休みを利用しての企画であった。

キャンプ地の候補は色々あり迷ったが、遠方は何かと大変なので近郊にした。

キャンプ場に着くと、早速テント張りが始まり、杭を打ったりロープを張ったりと、子供たちは皆楽しそうに手伝っていた。

いよいよ住宅ができると「お父さんスゴイ‼」と、父親の逞しさを目の当たりにした子供たちであった。

お昼のメニューはカレーで野菜を洗う者、切る物と手分けしてワイワイ楽しみながら作っていた。味は最高で皆大満足だった。

青空の下キャッチボール、バドミントン、虫取りなど思い思いのことに興じている様子を見て、子供たちの幼き頃のあどけない姿が思い出された。

日中、エネルギー全開だった子供たちは、バタンキューと皆死んだように眠っていた。

夜も白々と明け、ふとテントの中を見渡すと、頭の数が一つ足りない。

えっ？　まさかクマ？　山の方を捜してみたが、次男の姿はどこにもなかった。

周りのただならぬ騒ぎに子供たちも目を覚まし、一緒に捜してくれた。

「お母さんいたよ‼」と娘の声。駆けつけると灌漑溝の三〇センチほど手前の草原でスヤスヤ眠っていた。

よもやテントの隙間から飛び出すなどとは想像もしなかった。あのまま寝返りを打っていたらと思うと背筋が凍った。

暑い夏のサムーイ思い出である。

安全地帯

令和元年9月11日

「チュンチュン」と微かに聞こえるヒナの声。

我が家のカーポートの柱の隅に雀が住居を構えるようになってから、かれこれ三年になる。

鳥は何を基準に新居を選ぶのだろうか。今年はカーポートの右側手前の柱に決めたらしい。

柱の周りに隙間は見当たらないが、人目を避けるように玄関の位置を決めたようだ。

カラスも時々飛来するが、鉄骨で囲まれた巣とあっては諦めて、飛び去っていく。

こんな幸せな暮らしの中、突然一羽のヒナが飛び出して、あえなく隣家の壁に激突しぐったりとうずくまってしまった。高さ三メートル以上とあっては簡単に巣に戻してあげることもできず、やむなく段ボールの中に布を敷きそっと入れてあげた。

すると巣から三羽の雀が勢いよく飛び出してきて、「緊急事態発生！　チュンチュン」と叫んでいるかのように激しく鳴き、巣のあたりを飛び回った。

心配で暫く雀の様子を見ていたが、人影に怯えているようだったので身を隠した。その後行ってみると、そこにはもうヒナの姿はなく、あれほど弱っていたヒナがどのように巣に戻ったのかとても気になった。

傍らにきて「チュンチュン」と励ましたのだろうか。真相はわからないが、自然界の子育ての愛情深さと強さを感じた。

家の周りで雀のさえずりが聞けるのは、何とも長閑《のどか》で平和を感じるが、車にフンを落とされることには憤慨している。

でも、来年もこの安全地帯で子育てをしてくれることを楽しみにしている。

防犯ビデオを設置していたのに生かされなかったのが残念!!

殺生

令和元年10月9日

緑深い広い草原で牛たちがのんびり草を食んでいる情景は、何とも長閑《のどか》で心を癒やしてくれる。

同じ緑でもあちこちにポツポツと点在している所謂《いわゆる》「雑草」は、贔屓目に見ても「美」とかけ離れたものに映る。

我が家の駐車場の小砂利の間から顔を出す雑草は、どう見ても厄介なものに見えてしまう。雑草といえどもこの世に種を落とし芽を出した双葉は表面がツヤツヤ、プリプリしていてとてもみずみずしい。

こんな若い芽を摘んでしまうのはとても心苦しいけれど、やはり雑草は気になり抜いてしまう。

こんな小さな双葉でも必死に生きようとしているせいかなかなか抜けてくれない。色々な道具を使って試してみたが、どれも思うように雑草は抜けなかった。

そこで簡単に抜ける方法はないものか考えてみた。雑草がある程度まで成長するのを待ち、雨が降って地面が軟らかくなる日まで待つことにした。そして雨上がりの翌日を「殺生の日」と決めた。

この日を迎えるまでに手作りの三本指手袋と抜き取った雑草を入れるための容器を準備した。ついに待ちに待った雨上がりの日がきた。いざ出陣！

地面は軟らかく、面白いほど簡単に抜け駐車場は見渡す限り小砂利一色。爽快な気分になった。

その反面、沢山の雑草を殺生したことに罪悪感を覚えたが、今度は沢山の仲間のいる草原に根を下ろしてほしいと願っている。

旅のチラシ

令和元年11月13日

朝刊を手にすると「ズシリ」と重い感触。開くと折込チラシが束になって入っていた。スーパーをはじめ、車、マイホーム、イベント、食事処、旅行など沢山の情報を提供してくれる折込チラシ。

スーパーのチラシは殆ど目を通すことなくパスしているが、子育て中はパワー全開で一円でも安いスーパーをかけ回ったものだ。

二人暮らしとなった今は、一円に奔走することもなくなり、当時のパワーもなくなってしまった。

旅行のチラシは、行く当てもないのに何となく活字を追っていた。

ある時、「立山黒部アルペンルート」という文字に目を奪われた。

これは主人が昔から「行ってみたい」と言っていたからだ。チラシを早速見せたところ、「我が意を得たり」という感じで即答だった。

私はいつも腰巾着のごとくついて行くだけで、老後の思い出づくりとして、お供している。

旅先のチラシは見せ場をカラフルに掲載し、海外の船の旅、グルメ旅、温泉巡りなど、旅心を大いにかきたてる。若い頃は海外に目に向けていたが、年を重ねると体力に合わせた旅をするのが無難なようだ。

私は今まで自分で旅先を決めたことがないが、一度くらい自分で決めたところに行ってみたいと思う。

さて、どこにしようか悩むところだが、これから確約できるのは「黄泉の国のおひとり様の旅」ということになるのだろうか。

所変われば

令和元年12月11日

「所変われば品変わる」と言うけれど、環境が違うとこうも様子が変わるものかと思う。私の実家はあまり神仏に拘《こだわ》る家庭ではなかったので、家族揃って仏前に手を合わせるのは、お盆と大晦日ぐらいだった。

しかし嫁ぎ先は「エッ？　エッ？」と驚くことばかりで何もかも一変した。大晦日近くになると義父はあちこちの店を回って繭玉を買ってくる。「枝ぶりの一番良いのを買ってきたぞ～」と誇らしげな顔。これは先祖代々の家長としての大役らしい。自慢の繭玉を綺麗に飾り、皆の心を癒やし神聖な気持ちにしてくれる。義母の役目は何日も前から餡作りをして餅つきの準備である。

昔は文字通り臼と杵で餅つきをしたそうだが、私が嫁いだ頃はすでに餅つき機を使っていた。

義母が丸めたお餅は形がよく整い、表面もスベスベして見るからに美味しそうなお餅だった。

それにひきかえ私が丸めたお餅は、デコボコ、ザラザラで何とも貧相なこと。子供の頃の砂場遊びでしかお団子作りをしたことがない手先には、ハードルが高かった。

こうして苦労して作った「あんこ餅」を、お雑煮に入れるということで更にびっくり‼

「甘いお雑煮」の味に戸惑い、目を丸くした。

更なるビッグイベントとしては、除夜の鐘が鳴り始めると家族総出でお寺と神社に向かい、色々と欲張りなお願いをする。

毎年同じことの繰り返しだけれど、今年も絶やすことなく皆で参拝できることが、最大のご利益なのかもしれない。

褒め育てトンビが産んでくれたタカ
額にもマスクが欲しい北の国

奥深い亡き師のチェック赤いペン
人肌になった布団で寝る至福

今日の幕あがってスタート朝ドラマ

お子様の器でたりる老いの食

寿の文字風化する長寿国

長生きをしすぎてゴメン逝った母

天国に昇る白煙母の顔

産声を聞いて背筋が伸びるパパ

世界中野球の虜ショータイム
ジキルにも隠れ潜んでいるハイド

ほどほどの汗と手を組む万歩計

子等の声捜し求めているベンチ

短冊に込めた願いもセピア色

食べ放題元をとれずに腹八分

台本のないシーソーゲーム握る汗
戦略を練って阻止する名選手

ＡＩを凌ぐ深読み得た勝利
塩砂糖控え愛情てんこ盛り

イガが落ち秋がきたぞと言った栗

業界を牛耳て裏にある鬼畜

日本が世界を救っていたマスク

風に乗りワルツ踊っている落葉

忖度の人事で動く政《まつりごと》

お節料理

令和2年1月18日

一一月ともなるとあちこちからお節料理の折込チラシが入ってきた。

どのチラシを見ても色鮮やかで高級食材が使われ、綺麗に華やかに重箱に収められている。

価格を見ると何万円もするものがズラリと顔を並べ、芸術品でも鑑賞するような気さえした。また、チラシの写真を見てＳＮＳ映えするこのお節は食べずに保存した方が……という思いにかられた。

子供の頃、大晦日と言えば「大掃除」と「御馳走」というのがイメージであった。

日頃質素な食生活をしていたので大晦日に食べるお節は、まるでお祭りとお正月が一遍にきたような格別の嬉しさがあった。

重箱の中には数の子、イクラ、海老、蟹、ホタテ、お刺身など、一年に一度だけ最高の贅沢な惣菜が並んだ。

時は移り、気が付けば食べる側から作る側になった。「そろそろ腕の見せ所」と言いたいところだが然《さ》にあらず。残念ながら母の味を思い出すことはできず、ほど遠いものであった。

母の料理にはレシピがなく、子供の頃食べた記憶を辿りながら、見様見真似で作っている。我が家のお節には伊勢エビはなくＳＮＳ映えもしないが、手抜きせず愛情だけはふんだんに入れた。

重箱に詰められた「田作り」「昆布巻き」などを見ると、それぞれに深い意味があることを知り、日本の食文化の素晴らしさを改めて感じた。

三世代集まってテーブルを囲み、今年も恙《つつが》なく年越しできることを有り難く思う。

犯人は

令和2年2月12日

令和二年二月某日未明、事件は起きた。第一発見者は主人であった。

車のドアを開けると、そこは想像を絶するほどの惨状で言葉もなかったという。

主人は冷静を装いながら車中の様子を鑑識の如く隅から隅まで写真に収めた。

この車は購入して八年目。沢山の思い出が詰まっていた。私はどちらかというと「猫に小判」の方だけれど、主人は顔に似合わず色々な物に拘《こだわ》りがあった。

車に置いてあったブランドの財布やバッグなど、お気に入りの品がズタズタにされ、かなりのショックを受けていた。しかし万札と二千円札だけは手つかずだったので、せめてもの救いだった。

結婚当初、主人は温泉にはまり「温泉用の使い勝手のよいバッグが欲しい」と言われて、私が苦労して作ったものまで無残な姿になってしまった。

早速整備会社の人に車を見せたところ、事件の担当者曰く「これほど小動物の被害を受けたのを見るのは初めてです。目に見える壊れたところは直しますが、見えない部分はどこまで奥に侵入して悪さをしているのかわからないのでちょっと心配ですが……」との見解だった。

折しも今年はネズミ年。犯人は俺たちの出番とばかり顔を出してきたのだろうか？

残骸を片付けると、四〇リットルのゴミ袋が溢れるほどになった。ここまで来ると怒りを通り越して、もう笑うしかなかった。

笑わされた分？　一刻も早く敵を捕まえ、殺生することを詫びながら野辺送りの日が来ることを心待ちにしている。合掌。

犯人逮捕

令和2年3月11日

残骸の入った袋いっぱいのゴミ袋を見ていると、怒りがこみあげてきて、早速捕獲作戦開始となった。

ネズミ捕りを買いに行ったところ二種類あり、一つは昔ながらの色と形状で馴染みの物だったが、最近のネズミ捕りはサイズも大きく、金網も黒で塗装されてお洒落で高価だった。

車の修理代に百万円相当かかると言われ、これ以上散財できないので安い方を購入することにした。

餌も二種類あり「ネズミが好むものと、傍らに近寄らないもの」とがあった。

ネズミ通によると「ネズミは餌を食べて巣に戻り、再び現れ餌を食べ、それを繰り返すうちに息絶える」とのことだ。

主人は最初、ネズミを撃退させる餌を選んだようだが、家の周りで悪さをされても困るし、私は何より犯人を逮捕してこの目で確認したかったのだ。

昔話では「優しいのがお爺さんで、意地の悪いのがお婆さん」というのが定説だが、差し詰め私はこのお婆さんになるのだろうか。

餌をセットし数日後、犯人が来るのを心待ちに現場に行ってみると、中はなんと、もぬけのからで、敵ながらアッパレという感じだった。

二回目の餌はガッチリつけ、籠の中で右往左往している姿を想像しながら現場にいった。籠を置いた場所に目をやると、中で一五センチほどのネズミが生き絶え横たわっていた。

現場検証の結果は、「餌を盗って逃げる際、頭部が出る寸前で扉が閉まり窒息による事故死」。

その様子はまるで絞首刑のようであった。寒さで冷凍状態となり死骸に損傷がなかったのがせめてもの救いであった。合掌。

マスク

令和2年6月10日

日頃からマスクを着用している私たちは、世界から揶揄されてきた。

しかしこのたびのコロナ禍によって状況は一変。今やすべての地球人がマスクを着用し、違反者が射殺されたという国さえある。

マスクを着用していなければ非国民扱いで冷たい視線を浴び、マスクを着用しない日常は考えられない状況となった。

日本は昔から履物を脱ぎマスクを着用するなど、これらの習慣がここにきて生かされていたことに改めて感心させられた。

今までマスクはあまり良い評価を受けてこなかったけれど、このたびの動物実験により大きな効果が実証された。たかがマスク、されどマスクである。

店頭からマスクが消え、「売っていなければ手作りで……」ということで老いも若きも針とミシンを使い始めた。

ヨーロッパでさえお洒落な色や柄の布地でマスク作りをしている様子が報道された。この夏もおそらくマスクの着用は必須で、想像すると今から息苦しくなるが、夏向けの「冷たいマスク」がすでに商品化されており商魂の逞しさを感じた。私たちは困ったことがあると、解決すべく知恵を絞りアイデアグッズを生み出してきた。

マスクを外さず飲食できるようにと中央が開くように考案したものもあった。

私も色々考え「ポジティブなイヤリング付きお洒落マスク」を考案してみた。まさに「必要は発明の母」である。

誕生日

令和2年7月8日

「誕生日おめでとう」。子供の頃、誕生日はビッグイベントであり、何を買ってもらおうかと色々思い巡らすのがとても楽しみだった。

あれから何年経ったことだろう。時の流れと共に、いつしかもらう側から贈る側になり、更に時が流れ、再びもらう側になってしまった。

子供たちからの最大のプレゼントは、何事もなく無事に生まれてきてくれたことだろうか。

それぞれが独り立ちし、誕生日にはそれなりの気持ちを届けてくれるようになった。「誕生日」はおめでたいイメージがあるけれど、この年齢になると「おめでとう」の言葉より「ご愁傷サマー」の方が素直に受け止められるようになった（笑）。

主人は「形ある物はもういらない。食べてなくなる物がいい」と言う。

義母は巻き寿司が上手だったらしく、当時の味を懐かしがる主人に、私も真似をして作ってみることにした。幸いにも同じような味つけだったらしく三つ星をもらった。

主人は「百万本のバラ」ならぬ、ささやかな花束をプレゼントしてくれる。こんな恙《つつが》ない生活があと何年続くのだろうか。

年を重ねるごとに物欲がなくなり衣食はほどほどにあればそれで良いと思う。欲を言えばいつまでも丈夫な足腰があれば最高の幸せである。そして来年の「ご愁傷サマー」を笑顔で迎えられるよう願うばかりである。

携帯電話

令和2年8月5日

「いつかきっとこんなことを、しでかすかもしれない」と思っていたことが、不覚にも現実となってしまった。

友人と久々に会うことになり、前日に必要な物を準備万端整えバッグに詰めた。携帯電話はしまうとまずいと思い、バッグから取り出しいつもの場所に置いた。

家を出る時、私の脳回路は「携帯オッケー」だった。途中で友人にメールをしようと携帯を探すもバッグの中に見当たらない。一度持参する物をしまったので携帯電話もバッグの中に入れたという思い過ごし。チェックの甘さを反省した。

携帯電話に全権を委ねていたので、手元にないことがわかるとパニック状態になったが、まずは深呼吸して記憶の回路をフル回転。このご時世にはたして公衆電話があるのか不安だったが、幸運にも道筋に緑の電話を発見した。

とにかくコンタクトを取らなければと思い、まずは我が家に電話をした。ところが「只今留守にしています」と何と無情な機械音。家の電話番号だけははっきり覚えているのだが、他の番号はすべてうろ覚えである。

記憶を辿りながら主人の携帯電話に恐る恐るかけると案の定「違います」の声。あちこちかけて、万策尽き諦めかけた時、救いの神が……。

持参した書類の中に、友人の電話番号の入った領収書が一枚。

「モシモーシ」が通じた時、あー助かった！　緊張の糸がプツンと切れた。諦めないところに新たな道があることを再確認した。

私の携帯電話はこんな騒動があったことも知らずいつもの場所に鎮座していた。

爪

令和2年9月12日

女性が美を追求するパワーには目を見張るものがある。

昔、俳優さんが整形手術をして話題になったことがあったけれど、今や美容サロンがあちこちにあることに驚かされる。

眉、二重瞼、豊胸、脂肪吸引、更に爪のサロンまであり、あの小さな爪に何をしようというのだろうか?

今まで爪を意識することがなかったが、このたびの失敗で考えは一転した。調理中「トントントントン……×××」何とも言えぬ感触を指先に感じ背筋がザワッとした。

恐る恐る覗いてみると爪の表面にキズはあるものの血の滲みはなくホッとした。今まで爪は厄介者で、無用の長物と受け止めていたのだが、この爪のお陰で絆創膏のお世話にならずに済んだ。

また、切れ味の悪い我が家の包丁にも救われたかもしれない。

創造の神は、こんな失敗があることを予知してくれていたのだろうか。何と粋な計らいをしてくれたものだ。感謝感謝である。

爪にまつわる諺は色々ある。「爪の垢を煎じる」「爪に火をともす」「夜、爪を切ると親の死に目に会えない」「能ある鷹は爪を隠す」など、諺には教えられることばかり。まるで知恵袋のようだ。

爪は色、艶、硬さ、形、縦筋などを通して健康に関する様々な情報を無言で教えてくれる。

「たかが爪。されど爪」であり、これからは私のホームドクターとして一目置くことにしよう。

ビフォーアフター

令和2年10月14日

美容界にとって最も宣伝効果のあるフレーズは「ビフォーアフター」だろうか？最たるものは顔の整形で、術後の変貌ぶりには目を見張るものがある。他にはダイエットサプリメント・毛染め化粧品など、色々な商品が消費者の心をくすぐるように迫ってくる。

これらの中で一番身近なものは、やはり「化粧品」で、一流美容師の魔法の手にかかると見る見るうちに容姿が変わってくる。

これこそ「化粧」という文字に「化ける」の文字が使われるようになった所以だろうか。

私は昔から化粧にあまり関心がなく、職場にも素ッピンで通勤していた。メイクをしても顔の仕上がりが「アップ」にならないことを感じ取っていたのかもしれない。入社して三年くらい経ってから初めて口紅をつけて出社したところ、私が口紅をつけてきたと、皆に冷やかされたことをはっきり覚えている。

若い頃は自分が化粧をするなどとは全く思ってもみなかったが、年を重ねるたびに大変なことになっていた。

顔のあちこちにシミができ、吹き出物の痕も目立つ。

シミは上から塗れば何とか「アフター」になるが、隠せないのが顔の皺。

鏡を見るたびにため息が……。額にはしっかり三本の皺が君臨している。

日頃から手抜きをしていたつけが、今きたのだろうか……。

難しい日本語

令和2年11月9日

五時三〇分、目覚ましラジオにスイッチが入った。

聴くともなく耳を傾けていると、刻々と時は流れ時計の針はついに六時を回った。「もう少し寝ていたいなァー」と毎朝こんな思いにかられるのだが、この日だけはいつもと違った。女性アナが聴取者からの投稿を紹介していた。「僕はダイエットのために一週間で一日だけダ、ン、シ、ョ、クをしています……」と。エッ‼ ダイエットの話に「ダンショク」とは……。

話すことを生業にしている方が発した、思いもよらぬ言葉に、耳を疑い愕然とし、一気に目が覚めた。早速「ダンショク」を調べたところ、やはり「暖色。暖かい感じを与える色」とあった。「食を断つ」は時代が変わっても「断・食」「ダンジキ」と読まれていた。

テレビを見ていても、アナウンサーが読み違いをすると、傍らのアナウンサーがさりげなくフォローする姿を見て微笑ましく感じていたものである。

読み間違いと言えば「未曽有」を「ミゾユウ」と読んだ政治家がいた。あの時も信じがたいことだった。外国の方は「日本語が一番難しい」と言うように、牡蠣・柿・花器など、アクセントの違いで全く異なるものを意味する。

日本語漬けの私たちでさえ間違うことがある。「人の振り見て我が振り直せ」。自戒を込めて日本語をもっと大切にしなければと思った。

救急車

令和2年12月11日

街を行き交う救急車を今まで何度見たことだろう。ある時、見る側から乗る側になってしまった。主人は今まで四回救急車のお世話になり、私は図らずも付き添いとしてそのうちの二回乗せられてしまった。

最初に乗ったのは結婚して二年目の春、雪下ろしをするというので、私は六か月の長男を抱き、我が家の前の歩道を通る方に注意を払いながら誘導していた。その時「ドスン！」という鈍い音がした。二階建て屋根で七メートル以上の高さから落下し、厚さ三〇センチほどの氷の塊と一緒に落ちたのだ。運良く氷とスコップが先に落ちてくれたので難を逃れ、まさに「九死に一生」。「紙一重」という言葉を目のあたりにした。

救急車が到着し病院に向かうまで、なんと時間の長かったこと。「早く連れていって！」

の心の叫びは届かず、車は遅遅として動かず。

救急隊員は異常なほどの落ち着きで、身体の状態を聞いているが、主人は痛くて言葉にならない。

「これだけ痛がっていたら半身不随になるかも……」と救急隊員に言われ、頭の中が真っ白になった。

やがてピーポーの音と共に車は動き出し、行き交う車は律儀に止まってくれ、胸が熱くなり頭の下がる思いだった。

診断の結果、レントゲンに異常がないと言われ帰宅したが、あまりに痛がるのですぐ違う病院に行った。

医師にレントゲン写真を見せられ「圧迫骨折」で即入院を余儀なくされた。日頃私たちは救急車とは無縁の生活を望んでいるけれど、「霊柩車」に乗せられなかっただけ幸福なことだったのかもしれない。

昭和の置き土産

令和3年1月13日

断捨離を始めて数か月が経った。

親元を離れていった次男の部屋は、段ボール箱が山のように積まれ、今や物置と化してしまった。

山積みになった段ボール箱の中からミカン箱くらいの大きさのズシリと重い箱を見つけ、中から何が出てくるかワクワクしながら箱を開けた。

そこには昭和の香りとセピア色の封書とハガキがぎっしりと詰まっていた。

筆跡を見ただけで友の顔が懐かしく思い出され、可愛らしい丸文字が行儀よく並んでいた。古びた封書から遠い記憶が溢れ出し、今まで沢山の温かい人たちと関わり合えたことに改めて感謝した。

交流のあった人たちには、学友、職場の友、趣味仲間、更に恩師や様々な方がおり、中でも印象深かったのは俗に言うラブレター的なもので、何と返信したのか今となっては確かではない。

私が一人暮らしを始めた頃、父から度々便りがあり「玄関には男物の靴を置くように、タクシーを降りる時は自宅前では降りないように」などと書かれていて、一人暮らしの娘を心配しての指南の手紙であった。

友人から次々と結婚案内状が届く中、恩師から「いい教え子がいるんだけど……まぁまりあせらずに……」と乙女心を気遣って下さる手紙もあった。

タイムカプセルの前で釘付けになり、暫くの間青春時代の想いに耽っていた。

現代なら差し詰めメールのやり取りで終わるところ、当時は携帯がなかったお陰で手紙という昭和の置き土産を手にすることができたことを有り難く思った。

お節介　その1

令和3年2月10日

ある日の夕暮れ時、道端に佇んでいる高齢の婦人に出会った。

婦人はコートのフードを目深に被り、寒そうにうつむいていた。

婦人の様子から想像すると買い物バッグを抱え、地階から路上に出たところで力尽きてしまったようだ。足元に置いたバッグを持ち上げることもできず、ため息をついていた。

「荷物を持ちましょうか」「すみません。奥さん大丈夫ですか」「私は大丈夫です」と答えたものの、持ってみるとズシリとした感触で、腕は〝おもたい〜っ〟と叫んでいた。

「一人暮らしなのでこんなに沢山いらないんだけれど、今日は売り出し日だったので」

一円でも節約する時代を生きてこられた婦人の言葉に納得しつつも苦笑してしまった。

路面は凍ってツルツルで、一人で歩ける状態ではなかった。婦人の腕をとって横断歩道を渡ったけれど、二人共転んでしまってはお節介おばさんになってしまう。

思わずペンギン歩きになり、婦人と一緒に何とか渡りきることができた。

「金曜日に娘が来て病院に連れて行ってくれるんです」と娘さんの話をしてくれたので、沢山の買い物をしていた理由がわかった。

母は娘を思い、娘は母を思う親子愛を久々に垣間見て、胸がほっこりした。

帰り際、婦人は子供のように笑いながら手をふってくれた。

ちょっとしたお節介が役に立てたかと思うと私の足は心なしか弾んでいた。

地獄で仏

令和3年3月10日

「僕、お母さんのお腹の中からもう一度やりなおしたい」。小学生の時、次男はこう呟いた。

そして高校生になると「僕のこと知っている人が誰もいないところに行きたい」と言った。

俗に言う「次男気質」に目覚めたのだろうか。三月といえば別れの季節で、我が家もご多分に漏れず次男との別れがあった。次男は就職のため実家を出ることになったのだ。

出発の日、主人は仕事だったので、私が空港まで送ることになった。

雪道なので交通量の少ない道を選ぶと裏道はことのほかカーブが多く、緊張しながらハンドルを握った。

走行中、下りカーブに差し掛かった時、私の意に反して車はスリップし対向車線にはみ出し、電柱前の雪山に突っ込んでしまった。幸い怪我もなく難を逃れた。

この先どうやって空港まで行けばいいのか脳回路は真っ白になり、ハイヤー会社の電話もわからず手だてがなかった。たまに一、二台車が通るけれど無情にも目の前を走り去っていった。

途方に暮れていると、工事現場に向かうと思われる小型トラックが止まってくれた。事情を話すと「同じ方向なので乗せてあげますよ」と快く言って下さり、「地獄で仏」とはこのことかと本当に有り難かった。二人を見送ったあと、運転手さんの名前を伺わなかったことに後悔の念が残った。

あの時あの運転手さんとの出会いがなければ次男は希望通りの人生を歩んでいなかったかもしれない。予期せぬハプニングで涙の別れならぬ冷や汗の別れとなってしまった。

十二支プラス二

令和3年4月14日

当時四年生だった娘は、友達との会話の中で親の干支の話になったらしい。「ただいま」と帰ってきた娘はいつになく不機嫌なトーン。「お母さん！　干支にタヌキやネコはないって、まゆちゃんが言ってたよ！」。

とうとう「十四支」が覆される時がきてしまった。

子供たちには物心がついた時から、「お父さんはタヌキ年でお母さんはネコ年だからね」と言い聞かせていた。このところ個人情報流出が問題になっているけれど、書類には住所、氏名の他、生年月日まで記入の欄がある。

電話でも「差し支えなければ……」と年齢を聞かれることがあり、そのたびに「差し支えがあります」と笑って答えると、先方も笑っている。最小限、公の書類には記入するものの、あまり影響のなさそうなものはパスしている。

私の普段の様子を見ている娘は「私のお母さんは友達のお母さんとちょっと違う」と分析していたようだ。どこがどう違うか聞いてみたいところだけれど聞くまでもなかった。ファッション、メイク、アイドルのニュースなどにあまり関心がなかった。こんなところが「他のお母さんと違う」と思われた所以のようだ。「年相応」という言葉にプレッシャーがあり、私にはやはりネコがあっている気がする。

いつの日か心底笑って干支が言える日が来ることを心待ちにしている。

海馬との約束

令和3年5月12日

主人は昔のことを異常なほど鮮明に覚えていた。なぜそこまで記憶できるのか、そのメカニズムが知りたくて調べてみた。（海馬とは、記憶力に関する脳の部位で情報を短期記憶し、長期に記憶したい情報を大脳に送り込む）とあった。なるほど納得である。

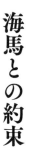

食べ物に目がない主人は「仙台で食べた牛タンは美味しくなかったなー」と言う。「私はもう忘れたわ」と答えると、「忘れたんじゃなくて関心がないからだろう？」と一蹴された。確かに私はどこで何を食べたか覚えていない、いや覚えられないのだ。

昨日の食事さえ思い出せないことがある。その点、主人の食に対する観察眼や記憶力には脱帽である。「新婚旅行の時に食べたフランクフルトは最高だったなー」と未だに話すことがある。大脳から記憶を引き出してくるのだろうか。夫がニュースで新型コロナの感染者数を聞き、毎日カレンダーに書き込んでいる。聞いたばかりなのに「今何人だった？」と聞き返す。あれほど昔のことを記憶しているのに、海馬は正常に働いているのか心配になってくる。免許更新時、後期高齢者になるとテストがあるという。

安全運転、認知の有無の確認のようだ。その時まで私の海馬が機能して記憶回路が正常に働いてくれることを願うばかりだ。

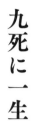

九死に一生

令和3年6月9日

長年愛用していたお気に入りの黒の革手袋にとうとう穴が開いてしまった。穴といっても指の縫い目がほつれた程度で、補修すればまだまだ使えそうだ。早速ほころびを縫おうと思ったけれど「待て待て、このほころびにも何か意味があるかもしれない」。

ヘソ曲がりな私は視点を変えてみた。携帯電話は素手でなければ起動せず、そのたびに手袋を脱がなければならないことにいつも不便を感じていた。使い勝手の良い手袋はないものかと日頃から考えていたこともあり、この穴の利用方法がひらめいた。この手袋に「携帯電話使用時の指だし口付き手袋」と、命名してみた。そして指の出し口を綺麗な円形にカットした。

素材の革は伸びやすいので念を入れて穴が開いた部分をしっかりと補強した。丸く開いた穴から恐る恐る指先を出してみると、人差し指は心なしか得意げな顔をしているように見えた。捨てられたはずの手袋が蘇り、まさに「九死に一生」である。

このような感じで我が家には九死に一生の生活用品が沢山転がっている。断捨離をしていると、「捨てる……いや捨てない……やっぱり捨てる」と身を切られるような思いをしながら心のせめぎ合いがある。私が意を決して袋に捨てた物を主人は目ざとく見つけて拾ってくる。主人が捨てた物を今度は私が拾ってくる。何とも似たもの夫婦である。

視点が変わると求めるものがこれほど違うのかと、穴を補強した手袋を眺めながら苦笑した。日々の断捨離の中、私の九死に一生を生み出す作業はまだまだ続くのかもしれない。

オリンピック

令和3年8月18日

オリンピック誘致の際、「トーキョー」と発せられた瞬間、関係者が抱き合って喜ぶ姿が昨日のことのように思い出された。

この東京五輪ほど、世界中から注目されたオリンピックがかつてあっただろうか。

新型コロナという未曽有のウイルスが蔓延し、あちこちから開催することの賛否がある中で、日本は「安心安全」を謳って開催に踏み切った。遡ること数年前、奇しくもエンブレム決定時も問題が生じており、東京五輪は最初からミソを付けた形でスタートしたようだ。

いよいよ開会式を目前にひかえた時、あろうことか担当者の辞任・解任など、前代未聞のゴタゴタが続き、日本は世界に汚点を残し、大会組織委員会の無責任な対応に強い怒りを感じた。

開催後は予想通り感染者が増え、毎日最多の人数が報道された。

本来「祭典」のはずの五輪がコロナ禍にあって無観客になり、諸々の不都合が生じ、心が塞ぐことばかりだった。

そんな中、アスリートたちの目を見張るような活躍ぶりに、日本中が沸き沢山の感動を与えてもらった。またマイクを向けられた勝者のコメントには、感謝の言葉が多く、熱いものを感じた。これから日本のスポーツ界を背負っていく若者たちが、とても頼もしく思えた。

この五輪を通して日本は様々な問題提起をされたことと思う。

二〇二〇東京「五輪」が「誤輪」で終わってしまわないことを切に願いたい。

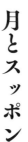

月とスッポン

令和3年9月15日

先日久々に演奏会があり、自由席だったので早めに行き並んだ。

開演時間が迫ってくると案の定、長蛇の列になった。早く並んだ甲斐もあり座席はどこを選んでもよく、選り取りみどりだった。ステージをしっかり見渡せる席を選び、ワクワクしながら開演を待った。

ところが急に孫を連れたおばあちゃんが私の前の席に移動してきた。どうやら小学一年生らしき孫が「前のほうが見やすい」と言ったことから移動になったようだった。

いよいよ演奏会が始まると、その子は後ろを見たり横を見たりと落ち着きがない。その後ろの席で楽しめるという状況ではなく、イライラは募るばかり。丁度斜め前方に空席を見つけ、合間を見て即座に移動した。

席を移ってホッとしたのも束の間、端に座っていた女性が音楽に合わせてリズムを取り始め、その振動が椅子に伝わってきて不快だった。

また、演奏が終わるたびに大きな拍手をするので大きく響き渡り、これまた耳障りだった。

今日は何という日？　仏滅？

大脳は怒り心頭に発し、悶々とした気持ちで会場をあとにした。

数日後、以前購入していたコンサートが予定通り開演されると聞き、胸のつかえがスーッとおりた。心待ちにしていた公演は夜ということもあり、子供の姿がなく安心した。

東京から男性ピアニストの演奏、女性のオペラ歌唱、ミュージカルなどもあり、バラエティーに富んだプログラムで大いに楽しめた。

本来なら前回の演奏会も楽しめたはずなのに……。

「月とスッポン」とはまさにこのことのようだ。

名医

令和3年10月13日

子供の頃から異常なほど身体が丈夫で、小学・中学・高校と一度も学校を休んだことがなかった。不謹慎ながら病欠の友を羨ましく思ったものだ。

今まで大きな病気も怪我もせず、ここまでこられたことは両親に感謝である。

年齢を重ねると共に、誰もが身体機能の衰えを感じるもので、我が身も最近あちこちのビスが緩み始めた。視力の衰え、歯の痛みなど人並みに病院の門をくぐるようになった。

このところ新聞を読んでいると目の奥に違和感を覚えるようになった。

そういえば眼鏡を替えてから何年経っただろう。久々にいつもの眼鏡店に行き検眼をしてもらった。案の定、視力は落ちており、早急に検査をしてもらい新調することになった。

慣れるまで数日かかると覚悟はしていたものの、新しい眼鏡はなかなかしっくりこない。

このままでは辛いので再検査を受けることにした。

この時、医療の「セカンドオピニオン」を思い出し、違う眼鏡店に行くことにした。お店の方と雑談をしながら眼鏡のつるは新しくしていないことなどを話すと、お店の方はピンときたのか、更に調整して下さり、仕上がったものをかけてみると今度はなんとスッキリ！

原因はつるとレンズの角度が合っていなかったことのようだ。

「レンズ交換をしたので完了」ではなく、色々な情報をキャッチし多角的に見て、的確な調整をしてくれたお店の方に感謝である。セカンドオピニオンが医療だけでなく、あらゆることにも大切であることを改めて思い知らされた。まさに眼鏡の「名医」である。

お節介　その2

令和3年11月10日

月末は振込などがあり何かと気忙しい。先日朝一で、いつものキャッシュコーナーに向かった。早い時間のせいか来店客は二人。

六〇代とおぼしき女性が後ろで順番を待っていた。私の振込には時間がかかり、待たせては申し訳ないと思い、「お先にどうぞ」と順番を譲ってあげた。すると女性は何と、何件もの振込を始め、終わると無言でそそくさと立ち去って行った。

「開いた口が塞がらない」とはこう言うことかと唖然とした。

短い時間で終わり一件だけの操作だと思い忖度したことが、つまるところ「お節介」だったのだ。

あの無言で立ち去った女性の振る舞いからそんな思いにかられた。

あの時以来、「二度と忖度はするまい」と心に誓った。そんな折、懲りもせずまたお節介をしてしまった。

車で信号待ちをしていたところ、一台の車がウインカーをつけながら斜め前方に駐車していた。見過ごすのは気の毒と思い、早々に車線を譲った。その車は何台もの走行車にスルーされていたようで、車線を譲られたことが有り難かったのか、ハザードランプを点灯させながら走り抜けて行った。オレンジ色のハザードランプから「アリガトウ」の声が聞こえてくるような気がした。こんな忖度はドライバーとして至極当然なマナーだと思うけれど、こんなことを受け止めてくれる方がいる限り、まだまだお節介は続きそうである。

心の三毒

令和3年12月8日

「バサッ!!」郵便受けから鈍い音。我が家はこの音を起床ラッパとし、一日がスタートする。朝刊を開くとあちこちのスーパーや様々な業種の折込チラシが、これでもかこれでもかという具合に沢山入ってくる。

中でも食品のチラシはカラフルでどれを見ても美味しそうに写っている。

子供たちが食べ盛りの頃は、一円でも安い商品を求めてスーパーのはしごをしたものだ。子育て中のお母さんは皆同じことを考えるようで、出かけるのが遅くなると、あっという間に「完売」。買えなかった時の敗北感は忘れられず疲れも倍増した。

ゲットできた時は「今日のミッション完了」という達成感で心晴れ晴れであった。

今、子供たちも自立し、スーパーをはしごする必要もなくなると、チラシは横目でチラりと流し読みする程度になった。

それでも「限定商品」「在庫処分」「本日限り」などのキャッチコピーが目に入ると、心が揺れ動く。

今、断捨離の真っただ中にいるというのに、これから先の生活に何を必要としているのだろうか？　人間には百八《ひゃくはち》煩悩があるという。その煩悩の一つに「物欲」があり、仏教ではこれを「心の三毒」の一つとしている。

「三毒」とは、仏教用語で人間の持つ根源的な三つの悪徳のことで欲・怒り・愚痴の煩悩を毒に例えたものらしい。こう考えると、人が人間らしくあるためには三毒なしでは生きていかれないものなのかもしれない。

雪虫に急かされている冬仕度

くじ引きで決めてはいかが総理の座

コロナ禍で眩めるだけの旅パンフ

四季変化感知している古い傷

あの時の嘘が根深く疼く胸
打算あり素直に動かない心

われこそと競って芽吹くクロッカス

物価高穴の大きい焼竹輪

残り日を悔いなく謳歌できる趣味

王手まで何手先読む脳回路

美人顔小道具離せないマスク

オッパイを飲んで揺られて夢の国

身の丈に合って迎えたパートナー

ルーティンになった新婚三ヵ月

印籠のごとく我身を守る杖
高齢の活字溢れている令和

明日のメモ忘れず床につく八十路
白寿まで頑固つらぬく心意気

目覚めない朝迎えても悔いは無し
断捨離は無用始末は子に譲渡

文豪に育ててもらった本の虫
身体中チューブで生かされてる命

アルバムを眺め遺影のコンテスト

窓際の雪あかりなく朝寝坊

酒好きの喉をくすぐる杉の玉

タイムカプセル

令和4年1月12日

我が家の歴史はこの古い一枚のスナップ写真から始まる。

「まあなんと若いこと!!　髪もフサフサ!!」主人と出会った頃の写真である。

嫁入りは人並みに「文金高島田に角隠し」。不覚にもこの角を隠し切れぬまま歩んできた。

長い歳月の中、この角も風化し今では影も形もない。主人は結婚当初、車のドアをいつも開けてくれ、レディファーストだったけれど今や自分ファーストである。

数々の懐かしい写真も随分色褪せはあるものの遠い過去を鮮明に思い出させてくれる。

生まれて二〇日あまりの次男が点滴を受けながらベッドに横たわっている写真。

乳児は免疫があるので熱をあまり出さないと聞いていたが、高熱を出し急いでかかりつけの小児科へ走った。「風邪だから大丈夫」と医師に言われたものの、祖母の勧めもあって、念のためにと日赤を受診。病名は「髄膜炎」。若い担当医に「全力を尽くしますが障害が残るかもしれません」と宣告され、まさに青天の霹靂。あの時、祖母の声掛けがなければ今の次男は存在していない。アルバムは我が家の歴史を語る生き字引である。

ページを繰るとどの写真も見入ってしまう。特に娘のピアノの発表会。黒のベルベットとピンクのサテンでワンピースを自作。靴は共布を貼りフリルなどを飾ると、それなりの靴に仕上がった。ポジティブなことばかりではなく、両親との悲しい別れもあり、子供として無事に黄泉の国へ見送れたことの安堵感も蘇ってきた。このタイムカプセルには今まで息を潜めていた「玉手箱」がまだまだ眠っているような気がする。

ふりそで

令和4年2月9日

「娘三人持てばかまどがひっくり返る」という話をよく聞いていた。

今年もコロナ禍で、成人の日の式典を分散したり、あちこちで中止や延期になったりと社会を賑わせていた。成人式も時代と共に様変わりする中「振袖にショール」という出で立ちは今なお受け継がれ、華やかな姿がニュースで報じられていた。

その昔の若かりし頃、姉たちが貸衣装で成人式に参加していたのを見て「自分は自前の着物で出席したい!!」という思いから、給料天引きをし、親の援助を受けずに念願の振袖を手にすることができた。

絹のスベスベとした柔らかな肌触り。色は淡いブルー。帯は赤に金糸で見事な蝶の刺繍が施されていた。親に迷惑をかけずに成人式を迎えられたことで、少し大人になれたような気がした。成人式当日は美容室のベテランの先生が着付けをして下さった。何せ初めて着物を着たもので呼吸も息苦しく、身体は紐で、グルグル巻きにされて悲鳴をあげていた。思えばあれが「ハタチの洗礼」だったのかもしれない。

その後は袖を通すこともなくタンスの中で長い間眠っていた。時が過ぎ結婚式の案内状が次々と届くようになった。

友人・職場の同僚・学生時代の先輩・後輩などの結婚式に出席し、これまで数えきれないほど袖を通した。

美容室の着付けの先生曰く、「友達の結婚式ばかり出ていないで早くお嫁に行きなさい!!」とよく発破をかけられた。この振袖は今、再度の長い休眠状態になっている。しかし他にもう一つの「ふりそで」が長い歴史と共に、二の腕にしっかり鎮座している。

鬼退治

令和4年3月9日

「鬼は外!!　福は内!!」今年も恒例の我が家の豆撒き。

カレンダーを見てみると一二か月の間、毎月何かしらのイベントが必ずある。一月のお正月、成人式から始まり、一二月は大晦日で閉められる。数あるイベントの中、我が家で欠かせないのが、二月の節分である。

昔は落花生だけ撒いていたけれど、業界の戦略に乗せられ、節分用の袋菓子も撒くようになった。年を重ねるたびに行事もエスカレートし、今では孫たちの好みのお菓子まで、豆撒きに仲間入りするようになった。「鬼も逃げるのにお金がいるだろう」と勝手な情け心で、途中から硬貨も撒くようになった。五百円から十円までの硬貨を紙に包み五千円ほど準備する。

八つの菓子盆の準備ができると、明かりを消し、みんなそろって声高らかに〝鬼は外‼福は内‼〟の連呼である。全部撒き終わると、暗闇の中、一斉に床に這いつくばって、皆必死に拾い始める。

豆と硬貨を一緒に撒くとパワー全開。お金というものは何と人の心を躍らせるものかと苦笑する。全部拾い終わると明かりをつけ、各々がニンマリしながら硬貨を数え、撒いた硬貨と金額が合わなければ再び皆の目の色が変わる。勘を働かせ隙間という隙間を探し、全額回収されると一件落着。我が家のビッグイベントは幕を下ろす。

長い間続けてきた中、ある時小学生の次男が、「僕あの時お金は撒かないで持っていたんだヨ～」と笑いながらカミングアウト。節分になると知能犯だった東京にいる次男を思い出す。来年もまた変わることなく、皆が元気で鬼退治できることを願っている。

時ぐすり

令和4年4月13日

「あっ痛い‼」朝の歯磨き時、奥歯の歯茎に痛みを感じた。このところ痛みとは無縁の生活だったけれど、久々に「痛み」との再会である。

大きな口を開け、奥の方を懐中電灯で照らしながら丁寧に覗いてみた。

左奥歯の後ろの歯茎が、赤く腫れあがっているのがわかった。炎症を起こしているのは明らかだった。

腫れあがった歯茎を見ながら、どこで治療を受けるのがベストかと、色々思い巡らしていた。昔、口内炎になった時、気が付いた頃には治っていた。口の中の傷はすぐ治ると聞いていたので二、三日様子を見ることにした。

歯磨きをするたびにブラシが当たり、痛みの度合いで炎症の状態がよくわかった。

毎朝恐る恐る口の中を覗いた。日々痛みが増し、腫れも酷くなってきた。我慢も限界。左側は歯磨き禁止。食事も右側のみの片肺飛行。痛みが続く中、開き直ってもう少し様子を見ることにした。

案の定良くなる兆しはなく、今まで放置していたことを少なからず悔いた。とはいえ、この痛みを即座に取り除いてくれるところはない。一か八かの綱渡り。覚悟を決めてもう少し時を待つことにした。

傷口を庇っていると、回復が遅くなるという話も聞く。早く治したい一心から、歯磨き、食事を過常の生活に戻してみた。

荒療治が功を奏したのか、三日ほどで痛みから解放された。かれこれ全治一〇日ほど。自然治癒力は人間に備わっている能力のようだ。体内には薬があるらしい。

カスべのホッペ

令和4年5月11日

鮮魚コーナーを品定めしながら歩いていると、夫の足が止まった。

夫はスーパー巡りが大好きで無芸大食。

見る物見る物すべて食べたくなるらしい。

陳列ケースを見ると昔ながらの薄皮に「カスべのホッぺ」と書かれたトレーがあった。

何とも愛らしいネーミング。「カスべのホッぺ」というのは、聞くのも見るのも初めてだ。

私はカスべ（エイ）のコリコリした食感が好きで、我が家ではよく食卓にのぼった。

トレーを凝視していると売り場の奥から、おばちゃんが出てきて「これはなかなか手に入らないけど、今日は珍しく入ったの。カスべのほっぺたの部分で五匹分あるよ」とカスべの売り込みをしてくる。

トレーに顔を近づけて、更にまじまじとのぞき見ると、ピンポン玉くらいの大きさの、プルンプルンとしたものが、一〇個入っていた。

食べ物に目がない夫は、初物ということもあって、即カゴに入れた。売り場のおばちゃんは、夫が迷わず買ったことに気をよくしたのか「少しだけおまけしておくネー」と言って値引きをしてくれた。一円でも安くという、おばちゃんの心遣いが嬉しかった。

カスベのホッペはその日の夕餉に煮物として登場。柔らかい食感で夫は完食し、満足気だった。

「初物七五日」という謂われがある。遡ること江戸時代。死刑囚に対して最後に食べたい物を与えるという温情があり、その時、死刑囚は季節外れのものを所望したのでそれが出回るまで待つことになった。結果、その死刑囚は「七五日生き延びることができた」ということで、「初物を食べると寿命が七五日のびる」という意味のようだ。

カスベのホッペを食べた夫が長生きできるかどうかは確かめられず、未だ定かではない。

姉妹

令和4年6月8日

先日ドライブがてら、ある街に向かった。ある街とは知る人ぞ知る、大きな焼き鳥で有名な三笠市。

日曜日のわりに、道はあまり混雑しておらず、車はスムーズに走った。

その焼き鳥屋さんは、キッチンカーで営業しており、車の周りは狼煙《のろし》のようにいつも、モクモクと煙が立ちのぼっていた。すでに三〇名ほどの人が並んでおり、最後尾の人影はアッという間に小さくなっていった。長時間寒い中、無言で待っていると、後ろで並んでいた女性が声をかけてきた。「恵庭から姉と九〇歳の母を乗せて深川へ行く途中、母がこの焼き鳥を食べたいと言うものだから……誰が並ぶかジャンケンしたら私が負けちゃって……」と苦笑い。六〇代とおぼしき姉妹が、ジャンケンで決めたということが何とも微笑ましく思え、年を重ねても変わらない姉妹愛を感じた。

私はかしまし三姉妹の三番目。姉は「おねいちゃん」として一目置かれ、妹は発言の余地なし。

しかし年齢を重ねると、上下関係は少しずつ互角になっていった。

六つ違いの姉は、よく子守をさせられたらしく「貴女を負ぶったらジワーッと背中が温かくなったんだよねー」と当時を想い出し懐かしそうに話してくれた。

そのたびに「アラーソレハタイヘンシツレイシマシタ」と時効になった粗相を笑いながら詫びた。未だ姉に知力は敵わないけれど、体力だけは自信がある。「きょうだい」も兄弟・兄妹・姉弟・姉妹と組み合わせが色々ある中で、「姉妹」の姉妹関係は年齢を重ねるほど心置きない相棒として、三人姉妹の絆がこれからも絶えることなく続いていくことを願っている。

どっちもどっち

令和4年7月13日

このところ「クラス会」なるものに、とんとご無沙汰である。

例年行われていたクラス会も、年を重ねるたびに開催される間隔が遠くなり、今となっては皆無状態。

学生時代の縁は切りがたく「会いたいね」という思いが高じて「ミニクラス会」を開くことになった。幸いにも近郊に住んでいる仲間が十数名いた。

集合場所をどこにするかと色々思案した結果、独り暮らしをしているKちゃんの自宅が会場になった。

Kちゃんに負担をかけないようにと会費制とし、昼食は店からの配達。惣菜はKちゃんの自慢料理が並んだ。

集まったのは色々な山菜が出回る時期だったので、テーブルにはフキの煮物が並んだ。フキを頂きながら男性軍は山菜取りの話に花が咲いた。

毎年、軽トラックでフキ・ワラビ・キノコを採りに山奥まで行くらしい。それぞれの秘密基地があり、その場所は身内にも未だに教えないそうだ。

女性軍は料理の話に花が咲いた。「フキには揚げを入れると美味しいよね」とNちゃん。すると「フキそのものの味を味わいたいと思って何も入れなかったのよ」とKちゃん。二人の会話を聞いて、どちらの言い分にも一理があると思った。たかが煮物、されど煮物である。同じフキでもスーパーのフキと地元の採りたてのフキとの違いは言うまでもない。

あれ以来フキを見るたびに、あの時の光景を思い出し忘れられない食材になった。

アルバイト

令和4年8月10日

子供の頃、田植え、稲刈りのシーズンになると俗にいう「稼ぎ時」が来てワクワクした。農家の子供たちにとっては、朝早くから夜遅くまで手伝わされる魔の季節でもあった。学校も農繁期になると、数日間休校となり、家族総出の態勢を支援してくれた。この時期は、農家の子供たちだけではなく、街の子供たちも応援部隊として活躍する。今でこそ機械化されているけれど、当時は人の手で植えるしかなく、まさに猫の手も借りたいといったところだった。

街の子供でさえ戦力にされていると思えば奮起せざるを得なくなり、姉はいつ友人と交渉していたのか、すでにバイト先を決めていた。

中学生だった私は姉の自転車の荷台に乗り、農家に到着すると、ご主人は金属の舟に沢山の苗を入れ準備万端整え、私たちが来るのを首を長くして待っていた。

田んぼに一歩足を踏み入れると、冷やーっとした感触に包まれ、アドレナリンがドッと出てきた。

辛い中、何とか作業を終えるも何日続いたのか確かではなく、バイト代もいくらもらったのかも記憶になかった。

当時はただ「万年筆が欲しい‼」という思いで田植えをしていた。カラフルな万年筆が沢山並ぶ中、なぜかモスグリーンの渋い色を選んだ。

今にして思えばあの頃は、かなり背伸びをしていた中学生だった。今の時代に、親の仕事を手伝わなければならないという状況はあまりないだろう。

しかし今、「ヤングケアラー」という耳新しい言葉を聞くたびに、心は痛むばかりだ。

皺　三十二

令和4年9月14日

高校の卒業シーズンを迎えると学校で美容講習会なるものが開催された。テーブルに沢山の化粧品が並ぶ前で生徒がモデルになり、美容部員の鮮やかな手さばきで、あれよあれよという間に大人顔に変身していった。ビフォーアフターを目のあたりにし会場は感嘆の声。「化学」の化け学より、これこそ本当の「バケガク」だと思った。まるで手品のような技に目を奪われた。残念ながら私は化粧にあまり興味がわかず、社会人になってもスッピンで堂々と出勤していた。

こんな私も社会人三年目の頃から化粧のノウハウを少しずつ覚えなければならないと思うようになり、口紅だけ薄くつけて出勤してみた。すると私の姿が予想外だったらしく、同僚は勿論のこと、社外の人にまで冷やかされたことを、今でもしっかり覚えている。

高級な乳液・化粧水など手にしたことがなく、母親直伝の手作り化粧水を使っていた。昔の肌はピチピチ・ツルツルで「若い」というだけで鬼に金棒だった。しかしまだ大丈夫と意気がっていた自慢の肌も、年と共に衰えを見せ、あちこちが大皺・小皺で賑わってきた。

「母親に似てきたね」と夫に言われ、シミの位置まで生きうつし。そんな折、タイムリーに「シミ・シワがなくなる!!」というコマーシャルのフレーズに思わず飛びつき購入してしまった。中には説明書の他に顔に貼り付けるシートまで入っていた。

興味のなかった者にとってはかなりの高レベルである。やはり美人は一朝一夕にはならないことを遅ればせながら悟った。この先叶うなら皺は三十二本程度に留めておきたい。

旅

令和4年10月12日

パスポートを見ると今までにあちこち地球の散歩をしてきたものだ。遡ることウン十年。当時は「新婚旅行はヨーロッパ」というのが謳い文句だった。ご多分に漏れず、私たちもそのメンバーの一員になった。今ではフランスまで約一二時間あまり。当時は一八時間くらいかかった。あの狭いシートでエビのように身体を丸くし、耐えていたことを今でも忘れない。

絵本や映像でしか見たことのなかったお城を目の当たりにし「本物だ!!」との心の叫び。美術館で「モナリザ」にも会い、ドイツでは本場のフランクフルトも食べた。また、柄にもなくウインナーワルツも踊った。日本での生活がとてもちっぽけなものに思えた。外国の様々な芸術・文化に触れ大満足の旅。

時は流れ子供たちも小学生になった頃のこと、中学になると家族揃っての行動は難しくなると思い、思い切って旅行を計画。場所は韓国。ツアーではなく、個人旅行でガイドさんを付けて行くことにした。お陰であちこち自由に案内してもらえた。折しも韓流ドラマで有名な俳優さんの撮影現場まで見ることもできた。

沢山の革ジャンパーが店先に並び、隣の店では豚の頭の燻製がそのまま並んでいたり、日本では考えられない陳列方法である。子供たちも日本との違いを目の当たりにし、目から鱗の旅だった。

免税店をウロウロしているとペアウォッチが目に留まった。今が買い時!!と時間のない中急ぎ購入。搭乗手続きに時間がかかりイライラ。そのうち「○○便のお客様お急ぎください」とのアナウンス。大急ぎで駆け込んだものの皆さんに迷惑をかけてしまった。あれから旅行はとんとご無沙汰。残すは黄泉の国だけ。とても興味があるけれど、はてさてどんな旅立ちになるのだろうか。

携帯電話様サマ

令和4年11月9日

携帯を持つようになってから随分久しい。

今や老いも若きも一人一台は持っているという時代で、持たない人は変人扱い。

携帯が出始めた頃、「いらない、持たない」と、かたくなに決めていたけれど、夫や友人から携帯の利便性を聞かされ、ついに持つことになった。いや持たされることになってしまった。

何せメカに弱い私は、文明の利器を使うのが苦手でずっと断り続けていた。携帯を持たされた当初は邪険な扱い方をしていた。ところが今では携帯様サマといった感じで傍らになければ不安になり、なくてはならない存在になってしまった。

日常生活の中で疑問が生じると、昔は「おばあちゃんの知恵袋」にたよっていたけれど、今は物知りの高齢者が身近にいなくなり、携帯のお世話にならざるを得なくなった。料理方法・栽培方法・マナー・音楽関係・カーナビなど、とにかくあらゆるジャンルのことが、指一本で検索して解決できるようになった。外出時、方向音痴の私はデパートの中でさえはぐれることがあり、その都度助けられ携帯の有り難さを思い知らされた。

このところ頻繁に使うのは漢字調べと英語の意味調べ。携帯の出現で我が家の辞書は出番がなくなり本棚でいつも欠伸をしている。

この先携帯はどこまで進化していくのだろうか。そのうち「アナタノジュミョウハ……」と指一本で教えてくれる日がくるかもしれない。

栄養失調

令和4年12月14日

「戦時中、栄養失調で長男を亡くしてからこの世には神も仏もいないと思ったわ……」

母は戦後の混乱期と食糧難の時代を時々話してくれた。

今や日本は食糧難とはほど遠い飽食の時代。農林水産省の二〇二一年のデータによると、年間五二三万トンの食品ロスがあるという。

栄養失調という言葉はもはや死語に近いのかもしれない。先日、夫が所用で一日家を空けることになった。

朝食をとりながら「栄養失調になるなあ」と少し落ち込んだ声でポツリ。世の奥様はご主人が不在の時、自分のためにわざわざ食事の支度はせず、冷蔵庫の残り物で済ませる人が多いと聞く。

私もご多分に漏れず、残り物で充分こと足りる。夫が何気に言った「栄養失調になるなあ」の言葉は私を思ってのことではなく自分自身を心配してのことだったようだ。

思えばいつも好きな物を好きなだけ食べて満足している夫。外食となると「塩分強め、量は少なめ」の食事に、不満と不安を抱いていたようだ。

こんな食生活なので体形は当然ながら栄養失調とはほど遠い。しかしこんな夫も若い頃はまあまあのスタイルだったらしい。

栄養過多も困るが高齢になるとある程度、肉づきの良い方が医学的には体力も温存できるので良いと聞く。

「栄養失調」の対義語と問えば差し詰め「栄養過多」だろうか。今、栄養失調という言葉はあまり聞かれなくなり、その反面、栄養過多にバトンが受け継がれた。

こうして日本の飽食時代は暫く続いていくのかもしれない。

赤いボタン

令和5年1月11日

「危ない危ない!!」デパートでの昼下がり、数人の女性たちの叫び声。

今年のファッションはと、柄にもなく「ウインドウショッピング」ならぬ「ブラブラショッピング」をしていた。

その時、エスカレーターに女性が逆さまに倒れているところに遭遇。傍らに居合わせた女性たちが助けようとするも、倒れた体勢が体勢だけに、女性の力では成す術なくただおろおろするばかり。

そんな中、一人の男性が救助を試みるも、エスカレーターが動く上ではかなりの危険が伴った。この時、私の脳裏に「赤いボタン」がひらめいた。

「そうだ、エスカレーターの陰に非常ボタンがあったはず!!」。案の定ボタンがあった。

渾身の力で押した。エスカレーターは観念したかのようにピタリと止まった。男性は女性の背を抱え一気に押し上げ、女性たちは腕を引き上げ無事助けることができた。コートを着ていたこともあり流血の惨事にいたらず、見守っていた周りの人たちはホッとした。

七〇代らしき女性は娘さんとショッピングに来ていたらしい。「先にお母さんが乗っていれば……あの手摺りにつかまっていれば……」などと思うと他人事ながら悔やまれた。

帰宅後、夫にこの時の状況を話すと、私の対応が想定外だったらしく「非常ボタンのある場所ちゃんと覚えていたんだね」と、半信半疑の様子だった。

はたしてこのコメントは「私らしい」のか「私らしくない」のか未だグレーゾーンだ。

赤の色には「レッドカード・危険・赤色灯」など注意を促すためには必須の色である。

いよいよ本格的な冬を迎えあちこちで除雪機を使うシーズンがくる。我が家の除雪機の赤いボタンがどこにあるか、夫の安全のためにも、しかと見定めておこう。

様変わり

令和5年2月8日

「道新」を購読して何年たったことだろう。

途中、他社の新聞へと浮気もせず道新一筋。

時代の流れと共に、新聞の内容は大きく様変わりしている。

小さな変化といえば、漫画がカラーになり作者も女性で、何ともほっこりした内容だ。

何面かめくったところに料理レシピが載っており、昔切り抜いて古い電話帳に貼り、スクラップしていたことを思い出した。

今や高齢化社会となり、健康・終活・片付け術などの記事が多くなったような気がする。

様変わりの最たるものは、プライバシーに関する情報の出し方である。

当時、大学、高校の合格者は、堂々と新聞に掲載され、先生は教え子を、親は我が子をと、目を皿のようにして必死で活字を追ったものだ。

今、この時代に、あのような事態が起きていたら、おそらく蜂の巣をつついたような大騒ぎになっていたことだろう。

国はいつごろからなぜこのように舵を切ったのか、できれば真相を知りたいものだ。

こんな中、今でも変わらないのが夫の新聞の読み方。

まず一面をサラリと眺め終えると、次々と紙面をめくり、アッという間に最終面。あまりにも呆気ないので新聞代が勿体ないと思うことさえある。それでもお悔やみ欄だけはじっくり目を通しているようだ。

かくいう私もじっくり読む方ではないけれど、見逃せないのが「いずみ」欄である。

先日のいずみ欄に目が釘づけになった。

投稿者の趣味は「短歌・書道・手芸・シャンソン」。更に漢字検定のため、「平日、二時間勉強」とある。この婦人、御年七六歳。

この年齢にしてこの日常生活。脱帽である。七六歳のこの婦人に背中を押され、パワーをもらい、我が身を叱咤!! 活を入れた。

安全確認

令和5年3月8日

「これからはメールで新年のご挨拶をしますネ」意表をついた友人からの年賀状。ついに「明けおめ」「ことよろ」を使うような世界が私の身近にきてしまった。訳すれば「明けましておめでとう。今年もよろしく」とのことらしい。

学友・恩師・先輩・上司・趣味仲間。今までご縁をもらった人たちはどれほどいただろう。

携帯電話がなかった時代、日頃のご無沙汰を詫び一枚の葉書に思いを込めた年賀状。日常のたわいのないことは「文通」という形で心を通わせていた頃が懐かしい。

卒業後何年も会っていない仲間たち。容姿や声などは昔の記憶のまま。チャン付けで話しても全く違和感がない。

しかし長い歳月と共に、お互いの人生は目まぐるしく変わっている。一枚の年賀状からそれぞれの人生模様が見てとれた。

子供と孫の成長、親との別れや介護、自分の体調。更に家族同然とするペットまで。日頃、生活に追われていると、仲間を思いやる心の余裕などはなかった。

改めて年賀状に目を通すと、添え書きのあるもの、パソコンで宛名だけのもの、一年の出来事を克明に記したものなど、十人十色だ。中でも「手書きが大変になったので、今年で失礼します」というショッキングなものもある。時代の流れを感じた。

年賀状の季節になると、ご縁のあった人たちはどうしているかと思いを馳せる。ご無沙汰を詫びながら一年を振り返りペンを走らせる。

年賀状は私にとって唯一の安否確認のツールである。ペンが握れなくなるまで、これからもご縁のあった人たちとの安否確認を続けていくつもりだ。

料理教室

令和5年4月12日

「皆さん、筑前煮とうま煮の違いわかりますか」開口一番、先生からの問いかけがあった。シーンとなった中、ほどなく先生が違いを教えてくれた。

「いやー七〇歳にして初めて知ったワ」と、普段から屈託のない婦人が言った。

私はこの時二〇代で、お正月料理を習おうと丁度料理教室に通っていた頃だった。

ここは家庭料理を主に教えてくれる、こぢんまりとした教室だった。

今まで野菜の煮方など、意に介さず来たけれど、料理の基本を教えて下さりとても有り難かった。「筑前煮は材料を全部一緒に入れるが、うま煮は別々に煮る」とのことだった。

昔は、花嫁修業と称して茶道・華道・料理などを習いに行く人たちが多かった。中でも茶道・華道は精神修養として、もてはやされていた。

しかし今、これらの習い事をしている人たちがどれほどいるだろうか。料理もしかりだ。教室そのものも少なくなり、料理用語を正しく教えてくれる所も少なくなってきている。「落とし蓋」と言えば「お鍋の上から蓋を落とすこと」と真面目に思っている人もいると聞く。何とも笑えるような笑えない話である。

かつて年頃の娘さんは家事手伝いをしながら、日常生活のノウハウを学んできた。しかし今の社会背景から、これらを求めることは難しくなってきている。

もはや「お袋の味」は忘れられ、これからは携帯が世の中の主流となっていくのだろう。指一本で和・洋・中の好みをチョイスし、腕を振るい食卓を賑わしていくのかもしれない。

手書き文化

令和5年5月17日

「手書き文化は人間の自己表現であり、個性の一部。廃れてほしくない文化だ」

ある日の新聞のコラムが目に留まり、思わず「我が意を得たり!!」と大きく頷いた。

記事は更に続き、「元々文字を書くのが何より好きでライターになったのに、今では取材時のメモくらいしか手書きの機会がない。あとはひたすら打ち込む作業だ」と嘆いていた。

思えば私たちは物心つくかつかぬうちに、手書きの習慣をスタートさせている。何十年も続けているというのに、未だ右に左に傾き不揃いで納得できぬまま書き続けている。

走り書きをすれば、まるでミミズの這った跡のようで判断するのも難しい。

「もう少し読めるような文字を書くように」とよく夫に言われていただけに、こんな悪筆でも癖字でも個性の一部と認めてくれるコラムニストがいるのはとても心強かった。

　気を付けてはいるものの、癖というのはなかなか直らないものだ。ここまでくれば何と言われようと、開き直って癖字を書き続けることにしよう。手書きは活字と違い筆跡を見ただけで差出人が誰かすぐにわかった。また、文字の筆圧や流れなどから、先方の体調や心情も少なからず読み取れた。娘が高校生の頃、「グループ交換日記」が流行っており、なぜか皆丸文字で書かれていた。お互いの思春期の悩みなどを打ち明け、この書体の中に「親愛・友情・信頼」などの熱い思いが込められていたのかもしれない。

　選挙時はあちこちから葉書が届き、宛名は勿論パソコンだった。そんな中でも添え書きのある葉書は一歩抜きんでていた。やはり手書きの一行に心を動かされたのは言うまでもなかった。

運動会今昔

令和5年6月14日

「ドカーン・ドンドン」。早朝の空に花火の音がこだました。

昔の運動会はこの花火の合図で各々の家庭が動き出した。恒例の運動会も今では様変わりし、花火の打ち上げはなく、学校から各々の家庭にスマホで一斉送信されるという。

子育てが終わり気付けばいつの間にか、運動会の花火の合図を聞かなくなっていた。

花火師がいないわけでもないけれど、時代の進化ということなのだろうか。競技内容も随分変わっているが、最初の競技だけは徒競走から始まった。

当時は男女別々に走ったけれど、今は少子化に伴って男女混合で組み合わせを作っている。

小学生といえども男女の体格に差があることは明らかなのに、問題はないのだろうか。

また、徒競走の走者紹介は男女ともさん付けで、君付けは姿を消し時代の流れを感じる。

走るのが苦手な子供たちは、運命競争に期待をかけ、引いたカードに書かれているものを探しながらゴールを目指す。親御さんもこの時とばかり加わって子供たちと一緒に疾走する姿は、時代が変わっても親子の強い絆を感じた。

紅白リレーは会場が最も沸く競技だけれど、少子化のこともあり選手選びが難しく、全員でリレーすることになった。

メインイベントがないのは残念だけれど全員リレーは達成感を味わう良い機会になった。

今までお昼は皆でお弁当を食べるのが唯一の楽しみだったけれど、今は午前中に終了する学校が主流とのこと。

賛否両論あるけれど、午前中賛成派が六割を占めるという。新しい生活様式になり仕事を持つ主婦にとって福音になったのかもしれない。

腐った耳

令和5年7月12日

またまた興味のある記事が目に留まった。

ある婦人が趣味仲間に年齢を聞かれ「喜寿です」と答えた。

「まぁーお若いですねー」という言葉が返ってきたという。喜寿が九〇に聞こえたらしくビックリされたとのこと。

八八歳の時、傘寿と答えても三〇には間違えられないでしょうねと、何ともトンチの聞いた婦人の話だった。

年齢を重ねるたびに五感は衰え、中でも視力の衰えは著しく、更に滑舌も悪くなる。

視力が衰えると即座に眼鏡を買い替えるけれど、聴力となると簡単にはいかないらしい。

最近の補聴器はかなり改善されており、昔の大きな補聴器と比べると一目瞭然だ。補聴器は値段によって聞こえ方も違い、人それぞれの感じ方も違うようだ。

ファッション性も考え、耳に入れた時、目立たないように作られているのだろうか。

最近、家でつけるテレビの音量や電話に出る声が大きくなってきたような気がする。

先日、夫が「洗濯機買ってきて」と言うので思わず聞き返した。

洗濯機は先月修理したばかりなのに、今更話題になるとは思えない……。

頭の中は言葉のパズルが始まった。アンテナを張り色々思い巡らしたところ、夫の求めていたものは何と「ケンタッキー」だったのだ。

私の聴力の衰えと夫の滑舌の悪さと相まって、洗濯機と聞こえたのだった。

ある時、孫と話をしていてよく聞こえなかったので聞き返すと「おばあちゃんの耳腐っているの？」と言われ、表現の面白さに思わず笑ってしまった。

行く行くは私も補聴器のお世話になるかもしれない。

耳が多少遠くなっても、自前で日常が過ごせればこれほど有り難いことはない。

因みにヒソヒソ話は今まで以上に感度が良くなるらしい。老後の楽しみにしよう。

世界水泳

令和5年8月9日

「第二〇回世界水泳選手権二〇二三」が二二年ぶりに福岡で開催された。

「世界水泳」と聞いて、ある金メダリストの姿と共に長男の小学六年の夏を思い出した。

夏休みに入る少し前、学校からホームステイの資料をもらってきた。

学校で資料を読むなりすぐ、友達三人と意気投合して「オーストラリアに行こう‼」ということになったらしい。

片言の英語も話せぬ長男が、親の相談もなく一人で決めたことに驚いた。どちらかと言うと、心配性で慎重派？の長男だったので信じられなかった。数日後、友達はなぜかホームステイを諦め、結局希望者は長男一人になってしまった。

「一人でも行く」と頑張るので心配ながらも貴重な体験と思い、後押しすることにした。

ホームステイ先は企画会社に一任することになり、子供のいない家庭に二週間余りお世話になることになった。

日本と違い当然お風呂はなく、シャワーも冷たかったので使わなかったという。「シャワーの音だけ出して使っている振りをしていた」という後日談に皆で大笑いをした。

八月二日の誕生日は異国で迎え、ホストマザーが手作りケーキを作ってくれたという。また、ホストファザー手作りゴーカートにも乗せてもらい、我が子のようにフレンドリーに遊んでくれたそうだ。帰国した時、「日本に帰りたくなかった」との言葉は意外だった。空港で自らトイレを探すなど積極的な行動がとれるようになり、長男にとって大収穫の旅になったようだ。

その昔、五輪で五つの金メダルを獲得したイアン・ソープ。何と彼はホストファザーが専属のトレーナーだったのだ。金メダリストとホストファザー二人が肩を並べた姿は貴重な思い出写真となっていた。彼は今頃どんな世界を泳いでいるのだろうか。

目玉商品返上

令和5年9月13日

「巨人・大鵬・玉子焼き」。今でも呪文のように頭に刷り込まれている言葉だ。

Z世代にとってはこの呪文は何を意味するのか全く理解できない言葉だろう。

コロナも落ち着きヤレヤレと思った矢先、今度は鳥インフルエンザが流行した。一難去ってまた一難。あちこちでニワトリが殺処分されていた。

スーパーの目玉になっていた卵がその後姿を消してしまった。当時のお客さんの動きを見ていると、店に入ると一目散に卵売り場に向かっていた。

「一人一パック」という制約の中、一パックでも買えればラッキーだった。

遅い時間に買い物に行くと、卵売り場は空のケースが山積みにされ、「完売」とお詫びの札がかかっていた。

手に入れるためには開店と同時に行くしかなく、行ってみたがそこには一ケースもなかった。もはや入荷するのさえ困難な状態のようだった。

こんな卵受難の時、運悪く夫は誕生日を迎えることになった。

「プレゼントは品物より食べ物が一番」というので恒例の巻き寿司を作った。玉子焼きが大好きで具の半分は玉子焼き。

いつも満足気にモクモクと食べているけれどこのたびはいつもと違っていた。

開口一番「玉子が小さい‼」と案の定のクレームだ。小さいながら苦労して手に入れた卵なのに、とんだところでとばっちりを受けてしまった。この卵受難はいつまで続くのだろうか。

まだまだ高値で、もとの「目玉商品」に返り咲くには暫く時間がかかりそうだ。来年の誕生日には大きな玉子焼きの入った巻き寿司が作れることを期待しよう。

お姫様抱っこ

令和5年10月25日

食通な友人がいつの頃からか「美味しいご飯が食べたい！」と言い出した。

昔のお米ランキングはどうだったのだろう。

今は一位コシヒカリ・二位あきたこまち・三位ゆめぴりかとなっている。

以前も名の通ったお米が市場に出ていたと思うけれど、彼女はずっと満足できず拘《こだわ》っていたようだ。そんなグルメな友人の依頼を受け、主人の実家で収穫したお米を定期的に送ることになった。

因みに品種はゆめぴりかで、送り続けてかれこれ一〇年余りになる。

これほどまで長続きしているのは旨味を感じてもらおうと、玄米を七分搗きにしているからかもしれない。

発送の際、集荷がかなり遅くなったことがあったので心配になって問い合わせてみた。すると「大丈夫です。忘れていないのでもう少しお待ちください」との返事にホッとした。間もなくピンポンが鳴った。「随分早かったですね」と問いかけると「いつもの担当者が忙しいので私が手伝っています」とのことだった。初めて集荷にやってきたこの男性は、腰を落とし重そうに箱を持ち上げた。いつもの方なら三〇キロの段ボール箱をヒョイと簡単に持ち上げていたので、思わず「大丈夫ですか」と声をかけると、「大丈夫ですよ、奥さんをお姫様抱っこできますから」と、自信満々の笑みを浮かべていた。

お姫様抱っことは何と懐かしく微笑ましい響きだろう。

振り返れば娘が甘えたい時「お姫様抱っこしてエ～」と言っていたことを思い出した。

新郎が新婦をお姫様抱っこする姿を見かけるが、これは夫として最高の愛情と信頼の証しなのかもしれない。

あの男性は今でも奥さんをお姫様抱っこしているのだろうか。お節介ながらちょっと気になるところだ。

早とちり

令和5年11月22日

久々に孫のお迎えを頼まれた。

「あれっ、まだバスが来ない。遅れているのかなー。もう少し待ってみよう」

車道の彼方に視線を向けながら待つこと一〇分。待てど暮らせどバスの姿は見えない。

その日はとても風が強く、時間と共に身体が冷え我慢も限界に来ていた。

もしやと思いメールを読み返して見ると、「明後日」となっていた。

「明」の文字を見て、私の大脳は「明日」と変換?してしまったのだ。「何と今日ではなかったのかー」と一人苦笑いしながら自宅に戻った。思えば私の「早とちり」は小学生の頃から十八番で、テストは必ずどこか一箇所にバツ印がついていた。問題を少し読んだだけで「あーわかったわかった!!」と早とちりするのだ。「最後まで落ち着いて読みなさい!!」と、両親によく注意されたものだ。

つい先日も新聞を読んでいて早とちりしてしまった。「……会場の市民文化会館で行われた……」とここまで読むと、私の大脳は「なーんだー、もう終わったのかー」とガッカリしてしまう。記事を読み進めると「旭川フィルの練習」とあり、いつもの早とちりに一喜一憂した。中でも究極の思い違いと言えば、「札響」である。「札幌交響楽団」ではなく実は作柄の状況を調査する「作況」のことであった。

日常生活において、夫の言ったことを私の考えでことを進めると、求めていることと違っているのだ。これは私の早とちりのせいばかりではなく、夫の説明不足が原因でもある。

こんな早とちりでも時には美談があった。子供の頃、父が煙草を吸う気配を感じると、灰皿とマッチをサッと差し出していたようだ。「お前は気がきくなー」とよく父に褒められたことを思い出す。

今は減点ばかりの早とちり。行く行くは「早とちりバンザイ」の日が来ることを願っている。

おもちゃの病院

令和5年12月22日

断捨離をしていると、何年も忘れかけていたお宝があちこちから顔を出した。

中でも思い入れの深い品は姉から譲り受けたもので、子育て時代に重宝した物のようだ。それはカードを差し込むと英語の音声が流れ、当時としては画期的なものだった。

音が出るという珍しさもあって、子供たちは楽しんで使っていたけれど三年ほどで動かなくなり、ついにお蔵入りになってしまった。

ほどなくテレビで札幌の「おもちゃの病院」のニュースが流れた。

持参したおもちゃを直してもらって大喜びをしている女性の姿が映った。私も同じ思いを共有したくなり、おもちゃの病院がないものかと探してみることにした。

お門違いとは思いつつ、まず市の消費者センターに電話をしてみた。

案の定そこではわからず「消費生活協会」を教えて頂いた。協会に電話をすると、そこでもわからず調べて電話を下さるとのことだった。

皆さんのとても親切な対応に感謝の気持ちでいっぱいになった。

間もなく折り返しの電話を下さり、東京に「日本おもちゃ病院協会」があることがわかった。

早速電話をしてみると、「どちらにお住まいですか?」「北海道の旭川です」。「旭川なら一人だけ登録している人がいます」と教えて下さった。

藁にもすがる思いで教えて頂いた病院に駆けつけると、「おもちゃの病院」と書かれた幟が玄関前に立てられていた。テーブルの上には首の取れかかったぬいぐるみや動かぬ自動車など、他にも沢山の壊れたおもちゃが横たわっていた。

「故障の原因はベルトの摩耗で、合うベルトがあれば直りますよ」と、嬉しい言葉をいただいた。一週間後に引き取りに行ったところ、何と一五〇〇円で命が蘇った。何という奇蹟!! 諦めなくて本当に良かった。

長い間眠っていたお宝からは以前と変わらぬ流暢な英語が流れてきた。

億の金払って散歩する宇宙

蛇の目傘歌詞伝わらぬわらべ唄

子が巣立ち眉間のシワが消えた母

再雇用挨拶してる元上司

結末に気がもめ邪魔なコマーシャル

車イス押してる夫の背に夕日

若見えのロマンスグレーにする毛染め

レシピより旨い味出す目分量

雨あがりこれ幸と芽吹く草

通院もリハビリになる老いの足

脳トレとおつき合いする孫ドリル

年重ね一大行事は墓参り

シワ隠すマスクに贈る感謝状

風に舞いイタチごっこの落葉はき

たよりない薄毛に耐えるヘアーピン

爺と孫仲良く分ける離乳食

ワルツでもタンゴもござれ舞う落葉

ヒト科にはなす術もない熊と鹿

盛りあげる祭り男の粋な顔

縁側の陽だまり老いの社交場

孫たちに紐づけされている諭吉

戦争の活字溢れて痛む胸

庇い合う除雪和保つ両隣

杖となり歩調合わせる散歩道

天空を真赤に染めていく戦火

あとがき

名もない平凡な主婦が本を出版するとは、何とおこがましいことかと思ったのですが……。

人生も佳境に入り、今まで歩んできた艱難辛苦の道のりを、改めて振り返り楽しんでみるのも終活の一ページかと思い、この度文芸社さんにお世話頂くことになりました。

私は幸いにも文芸社さんのご縁と、自費出版の後押しをして頂き、又スタッフの皆様のご親切なお力添えも頂き、改めて感謝申し上げます。

「自費出版」が平凡な私たちにも身近なものとして、広く皆様に知って頂く機会になれば大変嬉しく思います。

18歳までショートヘア。
社会人になっても髪型がうまくいかずやむなくロングヘアに。伸び放題にしているうちに、こんなことに……（笑）。
結婚後、主人が見よう見まねで三つ編みをしてアップにしてくれました。冠婚葬祭時は主人の美容室（笑）。数年後、3人の子どもたちで断髪式。

著者プロフィール
大西 博子（おおにし ひろこ）

北海道出身・在住。
一般社団法人発明学会会員。

2012年　全国発明大会にて東久邇宮記念賞奨励賞受賞
（作品名「伸縮靴ベラ」）
2014年　日本フラワー＆ガーデンショウにて奨励賞受賞
（作品名「引き出し式花台」）
2015年　「果菜用種取り具」特許取得

2016年　一般社団法人婦人発明家協会主催 第49回「なるほど展」にて
文部科学大臣賞受賞
（作品名「２穴を設けた持ち手付き風呂敷」）
2020年　東久邇宮文化褒賞受賞

想い出の足あと

2024年11月15日　初版第１刷発行

著　者　大西 博子
発行者　瓜谷 綱延
発行所　株式会社文芸社
〒160-0022　東京都新宿区新宿1－10－1
電話　03-5369-3060（代表）
03-5369-2299（販売）

印刷所　株式会社フクイン

ISBN978-4-286-25829-4　JASRAC 出 2406321-401